Heibonsha Library

石川淳随筆集

平凡社ライブラリー

Heibonsha Library

石川淳随筆集

澁澤龍彦編

平凡社

本著作は一九八二年四月に彌生書房から刊行された『現代の随想16 石川淳集』を改題したものです。

表記は新かなづかいに改め、読みにくいと思われる漢字には適宜ふりがなをつけています。
また、今日では不適切と思われる表現については、作品発表時の時代背景と作品価値などを考慮して、原文どおりとしました。

目次

面貌について

黄山谷《こうざんこく》のいうことに、士大夫三日書を読まなければ理義胸中にまじわらず、面貌にくむべく、ことばに味が無いとある。いつの世からのならわしか知らないが、中華の君子はよく面貌のことを気にする。明の袁中郎《えんちゅうろう》に至っては、酒席の作法を立てて、つらつきのわるいやつ、ことばづかいのいけぞんざいなやつは寄せつけないと記している。ほとんど軍令である。またこのひとは山水花竹の観賞法を定めて、花の顔をもって人間の顔を規定するように、自然の享受には式目あり監戒あるべきことをいっている。ほとんど刑書である。按ずるに、面貌に直結するところにまで生活の美学を完成させたのはこの袁氏あたりだろう。本を読むことは美容術の秘薬であり、これは塗ぐすりではなく、ときには山水をもって、ときには酒をもって内服するものとされた。詩酒徴逐という。この美学者たちが詩をつくったことはいうまでもない。山水詩酒という自然と生活との交流現象に筋金を入れたように、美意識がつらぬいていて、それがすなわち幸福の観念に通った。幸福の門なるがゆえに、そこには強制の釘が打ってある。明清の詩人の礼法は魏晋清言の徒の任誕《じんたん》には似ない。その生活の建前からいえば、むしろ西欧のエピキュリアンというものに他人の空似ぐらいには似ている。エピキュールの智慧はあたえられた条件に於てとぼしい材料をもっていかに人生の幸福をまかなうかというはかりごとに係っているように見える。限度は思想の構造にもあり、生活の資材にもあり、ここが精いっぱいというところで片隅の境を守らざることをえない。しかし、唐山の士大夫たる美学者はその居るところが天下の広居というけしきで、台所はひろく材料はいろいろ、ただ註文がやかましいために、ゆたかなものを箕でふるって、簡素と見えるまでに細工に手がこんでいる。世界観に影響をあたえたのは、この緊密な生活に集中されたエネルギーの作用である。おりおり道仏の思想なんぞを採集しているのは、精神の栄養学だろう。仕事は詩をつくることではなく、生活をつくることであり、よっぽど風の吹きまわしがよかったのか、精神上の仮定が日日の生活の場に造型されて行くという幸運にめぐまれて、美学者の身のおちつきどころは神仙への変貌であった。したがって、人間にして神仙の孤独を嘗めなくてはならぬという憂目にも逢ったわけだろう。もっとも、人間のたのしみは抜目なく漁った揚句なのだから、文句もいえまい。すでに神仙である。この美学者たちが小説を書く道理は無かった。大人の説、小人の説という。必ずしも人物の大小のみには係らないだろう。身分上より見れば、士大夫の文学、町人の文学というように聞える。士大夫の文学は詩と随筆とにほかならない。随筆の骨法は博く書をさがしてその抄をつくることにあった。美容術の秘訣、けだしここにきわまる。三日も本を読まなければ、なるほど士大夫失格だろう。人相もまた変らざることをえない。町人はすなわち小人なのだから、もとより目鼻ととのわず、おかげで本なんぞは眼中に無く、詩の随筆のとむだなものには洟《はな》もひっかけずに、せっせと掻きあつめた品物はおのが身の体験にかぎった。いかに小人でも、裏店の体験相応に小ぶりの人生観をもってはいけないという法も無い。それでも、小人こぞって、血相かえて、私小説を書き出すに至らなかったのは、さすがに島国とはちがった大国の貫禄と見受ける。明清美学の方式はまたこの地にもつたわって、しばらく江戸の風流生活を支配した。安永天明の達人どもがその生活様式に於て宗としたところは袁中郎であったと推測すべき理由がある。そういっても、袁中郎の生活の直接な作用ではなく、むしろ觴政瓶史《しょうせいへいし》なんぞという本の影響であったのだろう。原型に紙をあてて写しとった図形のようである。これを和朝板の生活の上に置いてみると、条件がくるって、どうもしっくりゆかないことはやむをえない。そこで、解釈上では諺解をとって実現は倒錯法にしたがう仕儀となる。なにぶんにも当国はむかしより物資不足、制度窮屈で、達人どもの身分もまたひくく、士大夫の威福はおおむね経儒先生の亜流に占められていたから、気位だけは士大夫でも、詩酒の操作に依って神仙に化けることはむつかしいという事情があった。まず半仙半俗という面貌である。たとえば町人の京伝は一生の半分を京橋のあきない店にすごして十露盤《そろばん》をはじき、他の半分を吉原の妓楼にすごして洒落本という市井の詩をつくったが、吉原の京伝は神仙に片足をかけていたものと見立てやれないこともない。このひとにとって、遊里は動物園ではなく、じつに植物園にほかならず、花竹のかげ、さいわいに書を廃せず、随筆の集のいくらかましなやつも示して、当世風の処方ながら、士大夫の美容術のおもむき、わずかにここに存した。京伝にしても、なおかくのごとくである。しかるに、世の下るにつれて、士大夫の遺風おとろえ、町人時のいきおいをえて、小人わらわらと蜂起し、その小人の書きちらした反故の中にこういう記述がある。

「予はいとけなきときより仮名物語物の本を好みて何くれとなく読ぬれど狂歌を得詠まず俳諧発句の集なんぞ看る事稀にして一首一句を言つらぬる所為は猶更に拙し」（閑窓瑣談）

こう書いたのは為永春水である。このことばは決して謙遜ではなく、当人の実状を告げている。みずから「浅見の身」といっているが、そのとおりであった。またこのひとの行実を見わたすに、品性はいやしきにちかく、俗悪ほとんど下司に類した。面貌おもいやられる。好んで読んだという仮名物語は女こどもの読む本である。なにを好んだのか知れたものではない。それがたまたま士大夫ぶりに書いてみせた随筆を通覧すると、はたせるかな、無学浅見手に取るごとく、文章は拙劣遅鈍、あたかも吏胥《りしょ》下流の筆録に似て、歌にも俳諧にも詩心まったくとぼしい。すなわち後世の売文業者の先祖として恥ずかしからぬ人物である。しかし、後世の売文業者があわてて恥じ入るにもおよばない。梅暦という題号をもって世に知られている一連の作品がある。うたがいもなく、秀逸である。和朝の文学史に於て注目すべき仕事の一つにちがいない。そして、作者は蜀山京伝のような達人ではなく、下司の春水そのひとであり、随筆のときとはすっかり見ちがえて、筆つきも水ぎわ立っているのだから、奇妙な、いや、高級なはなしになる。つまり、後世謂うところの散文のはなしにそろそろ近づいて来る。さすがに世が下り小人がせり出して来ただけあって、われわれの目のまえに突きつけられるものは、生活ではなくて、事件である。

物理的には、仕事の量とは、物体にはたらいた力とその物体のうごいた距離との積だという。なにものもうごかないようなところに、仕事は無い。人間が力いっぱいに岩を押しても、岩は微動だにしなかったとすれば、仕事は現前せず、そこにはたらいた、いや、はたらくはずであった力は熱となって、押した人間が骨折損の、ただくたびれたというだけのことである。当人は大汗かいて、いっぱし仕事をしたつもりでいるかも知れない。この事情は文学の場でも小人がみずから仕事ととなえているものの性質を連想させる。すなわち、へたな私小説のばかばかしさがこれに似かよっている。春水は下司ではあっても、小人の色ばなしを趣向することに依って、その趣向をくたびれた生活の中に追い落してはいない。ここに来て固定されたものは、江戸人の遊里観念の究極である。遊里については、すでに前代の達人が、いや、小人に至るまで、さまざまに書きなして来てはいるが、作者の生活意識とは関係の無いところに、道徳的に高次の作品世界をきずきあげたということでは、いずれも春水におよばない。下司の智慧も存外あなどりがたい。春水の発明は単純なものであった。現実の人間の世の中に、遊里という幸福な別天地があって、女子の無智卑賤のものといえども、これをこのところにつれて来て浸すと、泉に濯ったように、それまでの手続のよごれをきれいに流しおとして、いっそ純真に、たしなみよろしく、諸芸にも通じて、完璧な人格として生れかわるという仕掛である。面貌もまた一皮剝けて、象徴的に趙璧の光をはなつに至ることはいうまでもない。たったこれだけの仕掛は、しかし江戸人の遊里に寄せた漠然たる理想にみごとな形式をあたえて、男女の痴情を綿綿と叙述する操作のうちに、いつか市井のモラルを経儒先生の道義から解放してしまうという妙機をつかんだ。ここに来てふりかえれば、道義の規約は人間の悪運としか見えない。かつて袁中郎にしたがえば、幽人韻士は争わざるの地にいて一切をもって天下の人に譲る、ただ山水花竹はもって人に譲ろうとしても人いまだ必ずしも受けることをねがわない、故にこれに居るという申分であり、隠者の事は決烈丈夫のなすところに属するものと断定された。梅暦の遊里もまたそれみずからの律法をそなえて、たれでも任意に奥まで立入れるというものではない。それは必ず市井の幽人韻士でなくてはならない。作中のいろおとこ、いろおんな、すべて年ごろ境遇よりいえば町家の少年少女にすぎないが、しかもよく烈士烈女の風気を存するのは、けだしその生活の場を遊里に見つけているからである。遊里の律法に反するものはことごとく悪人にほかならない。いき、やぼとは、善悪の差別であった。そして、いきの精髄と見立てられた遊里の烈女をして、みずから「はかないもの」となげかせているのは、この人間像に神采あらしめる生命のそよぎである。道中は薄倖の烈士烈女伝、あがりは幸運な道徳的理想境、陰陽めでたく一に合して、小人おおっぴらに気をよくするこの世界では、どうしてもべたべたの色模様を清玩しなくてはならない。梅暦という仕事は小人モラルの理想化された実験にはとどまらず、その力のおよぶところ、ついに世道人心をうごかして、爾来天下の人は、明治の成上りの田舎士大夫に至るまで、実在の遊里を見ることなお梅暦の遊里を見るがごとき錯覚をもった。この錯覚のつづいた期間は、大雑把に目測して、強弩の末おそらく明治三十年代にまで達しているだろう。後世の遊里が零落したのか、むかしの遊里が買いかぶられていたのか、今昔実状の差を知らず、ただ錯覚持続の限界を見る。これはまた実在の遊里が作品梅暦を摸倣していた歴史でもある。この錯覚に於て市井の善男善女を幸福な夢のほうにつれ出したのは春水の手柄であった。蜀山京伝のごとき達人でも、その神通力をもってなおこのような仕事を成就していないのは、そのこころいきに於て士大夫のあそびを遨遊《ごうゆう》していたからだろう。下司の商売の一心不乱、春水の功名はまた士大夫の文学の支配から小人の文学を独立させたことになる。梅暦はそもそものはじめから通俗な商品であった。それの俗化とは、類は友を呼ぶということである。はたして、その後ぞくぞくと小人の摸倣製品があいついで、後世の学者はそれらを人情本というジャンルに総括するに至ったが、中について見るべきものは依然として春水たった一人である。しかし、ここに小人の文学のジャンルが発生したということに依って、日本近世の散文の歴史はともかく江戸の末から明治のとっつきまで書きつがれて来ている。かえりみれば、春水は一粒の種子であった。すでにして、作者の下司の面貌はもうどこにも見えない。士大夫きどりの馬琴があさましい文体のあとに愚劣なつらつきを残しているのにくらべれば、下司の駈引、むしろ達人の行蔵に似て、そのすがたをとどめない。春水が面貌をうしなったところから、時間的距離がぐっとちぢまって、江戸の小人の手わざはどうやら今日の小人の仕事に、すなわち散文の筋につながって来るようである。

今日では、士大夫すでにほろびて、その美容術はみごとにすたれた。天下は小人のものと定まったらしい。本なんぞは三年読まなくてもすむ。山水花竹は骨董同様ひとが任意に火をつけて燃すものとなった。自然もまたはかなきものであって、詩はそれに対して抵抗感覚をうしなったのか、輓歌すら出しぶっている。奇妙なことに、酒だけは分離的に、ただしもっぱら無法にこれをあつかって、ひとびと乱暴狼藉、漫然と大酒をくらってみせるという新風をひらいた。男子の中の男子たる小説作者はまたしたがって小人の中の小人である。士大夫といえども、小説の場に乗り出して来ては必ずや敢然と小人になりさがることを念願するだろう。小人の中の小人たることは、けだし決烈丈夫のなすところに属する。というのは、その小人の戸籍にすら受附をことわられて、法外にたたき出されること必至だからである。それにしても、小説は必ずこれを活字にして小人のむらがる市に売るべきものである。神仙の律法では商売にならない。作者は売り、民衆は買う。この取引は小説への民衆の参加という絶対条件の上に立っている。これはあまったるい無料の招待ではない。小説は万人のものではあるが、万人のほうでもせめて文庫本の代金に相当するぐらいの出血はしなくてはならない。作者にとっては、それがこの地上に於けるたった一つの取引である。たかがこれしきの取引にも堪えないようでは、せっかく小人の仲間に入れてもらったかいが無い。しかし、作者の身柄はこれを複製にしてあちこちに売りわたすべからざるものである。小人の規約では、作者は生活にならない。作者の生活は地上の幸福というものと折合がつくようには裁たれていないからである。すなわち、小人の中の法外者ということになる。女に好かれない所以だろう。法外者は世の中のどのへんに位置しているのか。ちょっと見わたしても、その面貌が見つからない。もはや美容術がすたれたのだから、むだな面貌をぶらさげている必要も無いはずである。もしやこのへんとおもう見当を、指で突いてみるうちに、ふっとまぐれあたりに指のぶつかったところが作者の鼻のあたまだとでもいうか。地上に於ける作者の位置をこまで法外に追いつめたのは、決して可憐なる女子と小人とのしわざではない。また必ずしも悪辣なる世の中の仕掛の罠でもない。小説の方法たる散文というものが、このような作用を作者の生活におよぼして来る性質のものである。

ちかごろ小説はもう脈があがったという評判を聞く。十九世紀におわったのだそうである。その当れるかいなかを知らない。按ずるに、まず十九世紀におわったといいうるのは、短篇と呼ばれる文学の一様式のことである。この短篇様式については、先年いささか私見を述べたことがあるので、ここには蒸しかえさない。十九世紀までの短篇は十九世紀に於て様式論的に鳧《けり》がついた。様式が完全にできあがって、方法もまた規定されている。それゆえに、この種の短篇に関するかぎりでは、たとえばアナトール・フランスが書いても、かくいう未熟者のわたしが書いてもおなじことだろう。ただアナトール・フランスはちょっといけるが、わたしはそれほどでもないというだけの相違しか無いだろう。すなわち、何の相違も無いということにひとしい。実際に、十九世紀的短篇にはその後に何の変化も発展も見られないようである。後世の作者がふたたびこれを起用することは、仕事として徒労にしかなるまい。これはすでに完結され閉鎖された様式である。しかし、以上のことは小説がおわったかどうかということとは何の関係も無い。われわれの今日かんがえるところの小説は、まだその様式が完成されず、その方法が規定されていないものである。今日の小説にはとても十九世紀の静謐は見られないような形勢になっている。これは必ずしも世の中の転変とか、政治のごたごたとか、いくさの兇悪とかという外からの押込強盗の手にかかったための混乱ではない。そういうものならば、それが文学一般におよぼした震動の幅を、抵抗の力の強弱に依って測定することができる。おかげで、愚にもつかぬ旧式文学論のごみを幸便に掃除するという結果を見るかも知れない。別に、十九世紀の静謐をおびやかして来たのは、小説の内部におこった事件である。すなわち、方法上の認識論をゆるがせるに至った波瀾である。残念ながら、作者はもう古風な美容術に憂身をやつしているひまが無い。小説の方法に直接に影響して来たものは、今世紀にはじまった自然科学的世界観の発展にほかならない。

おもえば、もう長いあいだ、小説の歴史は人間像の造型という魔に憑かれて来ている。一箇の林檎の像であっても、それを造型するのが人間のことばならば、人間の息がかかるはずではあるが、それでも林檎よりはやっぱり人間の像のほうが人生論的意味に於て深刻になるとかんがえられるようである。人間も一箇ではさびしいのか、他に男女数箇を捏造して、遠近濃淡、その布置に気をつかう。人間関係を描写し、生活の条件を設定しているつもりなのだろう。そこに思想なんぞという信用いたしかねるものが舞いこんで来たりする。しかし、どこまで行っても、それが造型に係るかぎり、人間像であろうと、林檎像であろうと、ほかの何像であろうと、芸術的意味もしくは無意味に変りはないはずである。げんに、作者はしばしば林檎を描くのとおなじ手つき、いや、ことばつきで人間を描いてみせる。また小説批評はともすれば絵画彫刻からの類推にたよって、はなはだ美術批評に似る。単純なるべき小説の方法論がいつのまにか複雑なる文学的技術論のほうにまぎれこんで行く所以である。すると、技術論に屈することをいさぎよしとしない壮士が、小説は人間のものなのだから、人間の体験をぶちまけるのが一番勝が早いと、力将棋の論法をもって、まず当人の持駒の、失恋貧窮談なんぞを小ぎたない生活面の上にべたべたとならべる。小人の説はどうしても小人の告白に終始一貫させなくてはならぬという気合と見えるが、これは単に小説以前に刎《は》ねかえったというだけのことだろう。そこからまた出直してあいかわらぬ技術論、思想論、とりどりに繁昌して、いつはてるともおもえない。この雑踏は精神の演習としてはむだにならないのかも知れないが、小説とはなにかということにとっては煩瑣のけしきと眺められる。煩瑣のもとはおそらく人間像の造型という魔のしわざであった。造型ということばが使われたのは、あるいはただ便宜上のテクニックなのだろうか。そうとしても、このテクニックには物体についてのにせの固定観念がひそんでいる。これを魔と呼ばなくてはならない。にせの観念はここに居すわったままうごかないつもりらしい。物体はしかしその観念とは無関係に絶えず運動し、みずから分解し、やがて崩壊するものである。人間はいかなることばの操作をもってしても、この運動の過程を写象することに絶望するだろう。それは人間のことばよりも速いからである。そして、人間がそれを一瞬に写象しえたとおもったときには、じつは別の物を写象していることになるからである。人間もまた生命と智慧とをもった物体にほかならず、その脆くして腐りやすいことは林檎とかわらない。カンヴァスに描かれた人間像は、そこに林檎が描かれたときと同様に、色と線とに依る造型であって、実在の人間なんぞではないと承知される。それが実在の人間とは似ても似つかぬものであっても、色と線とに依る造型に於て精神上の美が現前していれば、画家の勝利である。ものをいう権利は色と線とがにぎっていて、実在の人間が口を出す幕ではない。造型ということばの芸術的意味がここでは判然としている。しかるに、小説の場合では、ことばをもって表現された人間像は、いかなる表現のデフォルマシオンがゆるされたとしても、実在の人間に近似していなくてはならぬように、すくなくとも実在の人間がかくあるべしとかんがえる漠然たる人間条件を満足させていなくてはならぬように要請される。そして、その近似値が美的価値に換算される。この要請もしくは美的判断は支離滅裂である。ことばのはたらきに於て顕現される精神の運動が、あたかも紙の上の人間像の尻にでも敷いてあるかのように、見捨てられているからである。美はことばのはたらきにあって、人間像の近似値には無い。書かれた人間像と実在の人間との関係の上なんぞには、じつに何の芸術的意味も無い。実在の人間という観念は、ことばのはたらきに於てはじめて固定されて来るものである。逆にそれ以前に固定されたかと見える観念は、すべて形而上学が恣意に設定したにせの観念である。にせの観念ほど実証的に見えるものは無い。一見実証的とおもわれるような小説批評家はおおむね形而上学者である。たぶん、造型というテクニックは形而上学者の案出に係るものだろう。居すわったまうごかないという物質が宇宙にありえないように、造型という操作は小説にはありえない。人間は運動するものであり、運動は造型すべからざるものである。実在の人間という観念がことばのはたらきに於てはじめて固定されて来るというのは、右の認識が把握されたということである。それはことばをもって人間なり林檎なりの像を絵様に描いてみせるという芸当のことではない。われわれはもう小説から造型というかんがえを抛棄《ほうき》してもよい時分である。一般に、人間のことばは、形而上学の恣意に依る設定を極として、はたらき出すことはしない。それがはたらき出したように見えたとすれば、じつは空まわりしているということである。ことばに於ける発想を規定するものは、いつも自然科学的世界観である。

古代の詩人は、いや、俗物でもおなじことだが、運動していないようにおもわれる物体を実際に運動していないものとして、またなにものかであるように見えるものを実際になにものかであるとして、のべつに肉眼で見とどけていた。たとえば、地球はうごかないようではなく、うごかないものであった。またたとえば、銀河は河のようではなく、天の河であった。箒星《ほうきぼし》は箒のようではなく、天の箒であった。この譬喩はすなわち仮定である。古代人はそこから発想して詩をつくった。発想の根元には、形而上学的神秘感が仕掛けられていたのではなく、当時の自然科学的実感が配置されていたとかんがえるべきである。ただ今日からかえりみると、その実感の知識内容が科学的に非常に遅れていたというだけである。神秘は実感のてまえには無く、いまだ知られざるものの向うにあった。禹域《ういき》古代の暦法が神秘的宇宙観から天くだりに制定されたもののようにかんがえるのは、おそらく後人の僻目《ひがめ》だろう。それは必ずや当時の零細なる天文学の知識をもって組立てられたものにちがいない。そうでなくては、それが当時の民生民福を実際に支配しえたはずがない。われわれにとっては、地球はうごかないかのようではあるが、どうしてもうごくものである。銀河は河のようではあるが、幾百万とも知れぬ星のあつまりである。箒星は箒のようではあるが、その頭は軽い小さい物質でできており、その尾は太陽の光の圧力に依って吹きとばされたものである。われわれはそこから発想する。いや、一般に、現在あたえられた世界像から、それが絶えずうごくものだという認識から発想する。神秘はそのさきにある。仮定はその神秘の中に立てられなくてはならない。もはや古代の神秘に、ついこのあいだの十九世紀の静謐にすら、立ちもどるべき道は絶対に絶たれている。小説が取扱うべきものは、このうごく世界像の中に於ける人間エネルギーの運動である。この世界像の中にあって人間がいかに仮定的に生活しうるかということのほかには、小説が追究すべきなにものも無い。この仮定には精神の努力が、すなわち可能なる人間の生活がいわば現金で賭けてある。小説は人間のものなのだから、その中にちらほらする品物はおおむね人間である。しかし、それは物質であってもよし、また光であってもよい。それが何であろうと、またどこまで行こうと、人間の生活から逸脱できないものだということが承知される。というのは、小説の方法は散文だからである。散文は人間のことばの決定的な形式であり、それゆえに万人の生活に通用すべき性質のものである。小説の血路はおのずからこの方法の中にある。この方法はそれ自身に於てエネルギーである。エネルギーは散乱させてはならない。必ず集中させなくてはならない。それの集中したところに、よい作品が打ち出される。よい作品のことを、よく造型できたというのは当らない。よく力が出たというべきである。すでに世界像が絶えずうごいているのだから、小説もまたうごかざることをえない。それが様式に於てかたまらない所以である。どこまでつづくのか、涯がなく、区切がつくようでつかず、伸びたり縮んだりする。譬喩をもっていえば、代数的である。形而上学になぞらえていえば、印度思想的である。それにしても、小説というものは、肝腎のところに来ると、茫としてなにもわからなくなる。譬喩の、仮定のと、もっともらしいが、下世話に申せば、何のことはない、ウソばっかりである。ふらふら腰の、しまりが無い。君子は天下の正位に立っているから、決してウソはつかない。大人は内に自信をひそめているから、みだりに態度をくずさない。ウソばっかりの、ふらふら腰は、自信の無い小人の常である。しかし、それゆえに、小説の仕事はつねに柔軟であり、逆に君子大人は硬化する。

小説の内部事情がべらぼうに茫漠としているのに対応して、作者のほうでもまたのべつにあわてふためいて、この地上に身のおきどころが無い。一心不乱、可能なる生活のほうに力を入れあげて、手もとには本も無く、花も無く、台所はからっけつ、世間には不義理つづきである。面目を失するとは、このことにちがいない。袁中郎のごとき士君子は、生活の美的造型が完璧に仕上げられていたので、眉目あきらかに、塵あがらず、茶をたてたり、きりぎりすを飼ったり、諸事きれいごとであった。小人の生活では、壁くずれて、裏も表も吹きぬけの、ほこり風に乗って押し寄せて来るのは外の事件である。外の事件といえば、ぶちこわしにきまっている。地上の生活はとうにわが手でぶちこわしてはいるが、可能なる生活まで闖入者のぶちこわしの手にまかせるわけにはゆかない。そこで、仮定のほうにあずけておいた面貌をとりもどして来て、ときには外の事件に対して、まともに顔をあげなくてはならぬ仕儀にもなる。こちらから鼻を突き出すわけではないが、あたかも抵抗に於て地上の顔が造型されて来るようなけしきである。顔のことになると、むかしのおしゃれの癖がまだ抜けず、なにか美容術はないかとあたりを見まわすが、地べたに落ちている品物にろくなものは無い。まあ政治学ぐらいのものである。放出の洗濯石鹼という格式だろう。非常のとき、しばらくこの洗濯石鹼をもって、塵にまみれた髯《ひげ》を剃るのはやむをえない。しかし、これはとても散文の美学としては採用すべからざるものである。

いくさののち、蓋をあけて見ると、フランスには littérature engagée という成語ができている。参加の文学というか、肩入の文学というか、抵抗に身を投ずるの謂らしい。政治と文学とのつながりの上に生活を乗り入れたのだろう。しかし、この文学はいかなるものか、いまだその実状を知らない。政治の場に於ける文学のたたかいは古今にその例を見るが、ただその具体的内容はつねに似たものではあるまい。ところで、ちかごろ雑誌に邦訳されたアンドレ・ジイドのラジオ対談を見ると、つぎの一節が目についた。

「確かに、完全な真摯さを我がものとしようと念ずる者は、三十歳前後で自分自らに驚き、自分は一体どうなるのだろうという不安に徹しない限り、その目的を達することは出来ない。大抵の者はこの年配で、自分はこうだ、自分はああだとはっきり決めてしまい、今日のいわゆる『参加』に身を委ねるが、その場合殆どいつも深い真摯さということは犠牲に供されてしまう。自分に備わっている能力を出来合いの枠に入れて、自分以外の者たちが発見した何かの用に立てることで満足してしまうのだ。」（片岡美智訳編）

これはジイドの「参加」解釈とも「参加」批評とも聞える。このことばのかぎりでは、たぶんジイドはまちがっていないのだろう。たしかに「参加」強弁よりはましにちがいない。しかし、そういうジイドのハゲアタマは象徴的である。おもえば、このひとの面貌は若年のみぎりからいやに目立っていた。ジイドは自分を「こうだ、ああだとはっきり」きめこむことはしなかったのだろうが、この地上に長生して面貌がはっきり光るようなぐあいには大切な「自分」を仕上げて来たのだろう。生涯に一度も風来坊になることを知らなかったような面貌は、あるいは木で作りつけられていたのかも知れない。このひとの口ぐせの、自分自分は、むかしからどうも耳ざわりである。「自分」をみがく美容術はなにか知らないが、散文の美学は物理学よりほかには無い。

（「新潮」一九五〇年十月号）

恋愛について

「昔男かたゐなかにすみけり。をとこみやづかへしにとてわかれをしみてゆきにけるままに、三とせこざりければ、まちわたりけるに、いとねんごろにいひける人にこよひあはむとちぎりたりけるに、この男きたりけり。この戸あけ給へとたたきければ、あけてなむ歌をよみていだしたりける。あらたまのとしのみとせをまちわびてただこよひこそにひまくらすれ、といひいだしたりければ、をとこ、あづさ弓まゆみつきゆみとしをへてわがせしがごとうるはしみせよ、といひていなんとすれば、うらみて、をんな、あづさ弓ひけどひかねどむかしよりこころは君によりにしものを、といひけれど、男かへりにけり。女いとかなしうて、しりにたちてをひけれど、えをひつかで、しみづのあるところにふしにけり。そこなる岩にをよびの血してかきつけけり。あひおもはでかれぬる人をとどめかねわが身はいまぞきえはてぬめる、とかきていたづらになりにけり。」（塗籠本《ぬりごめぼん》伊勢物語廿五）

女人が指の血をもって岩に歌を書きつけるという仕打は、文学の目にはなにかの象徴のように見えるかも知れないが、これは恋愛の現実であり、また恋歌の骨法となる。死んでもあきらめない。ひでえ執念である。それゆえに、恋愛の流血はただちに人間の生活の場にそそがれる。男女を逆にしても、この力学的関係には変りがない。ただし伊勢物語の男は足はやくさっさと行きすぎる。これはあきらめたどころか、恋愛生活の変位ということなのだろう。

「わがせしがごとうるはしみせよ」なんぞとあじなセリフをのこし、ドン・ファンの貫禄、一箇の女の流血を踏まえつつ、死ぬやつは死ね、あとふりむかず、行くさきざきに女あり、すべての柔媚なる指を食いつくし、食ってしまったものに未練は微塵も無いという気合はけだし陽根の栄養学である。この器官はそれの構造に於てあたかも身体の他の部分から解剖学的に自由であるかのように見受けられる。陽根の運動は必ず倫理的に無法でなくてはならない。それゆえに、恋愛という肉体の操作はただちに精神の場に乗りこむことができる。精神上の恋愛という観念およびその実現は、ついにこれ男子のものだろう。たとえば、プラトニック・ラヴというごとき陽根否定のチンピラ精神にしても、やっぱり男子の、ただし男子の心情の発明に係るようである。心情上のヴィジョンが鰯のあたまぐらいの神格を現ずることは、むしろ女子の例に属する。女子には御方便にも否定すべきなにものもあたえられていない。心情はことごとく女子のものである。心情ほど肉体に密着するものはない。按ずるに、こころのうつろいというものは肉体エネルギーの微妙なる作用である。「むかしよりこころは君に」という女のおもいの、よく三年間の時間的距離に堪えたやつでさえ、たまたま「いとねんごろにいひける人」の奉仕に逢うと、肉体がついこれとちぎるという現象は、どうしても生理の必然なのだろう。浮気という技巧派の策動とはちがうようである。ドン・ファンは優越的にこの消息を見ぬいている。したがって、おれが道をつけてやったんだ、ありがたいとおもって死んじまえという見識を示すことにもなる。たったこれだけの、むかしの物語の一節でも、事が恋愛にかかわると、肉体と心情とはてきめんに精神と生活との二重の場に於てもつれあう。後世に至っては、世の中の仕掛とか男女のヒステリーなんぞまでここにどやどやと割りこんで来るのだから、恋愛の身上相談というやつは、事態錯綜、いつまで行列に立っていても解答が配給される日は無い。とても道徳ごときものの口出しをする席ではないだろう。死んじゃいなさいというのが、なるほどもっとも早い、つまりもっとも親切な忠告かも知れない。精神は永遠にこの処理に手を焼く仕儀となる。というのは、肉体と心情との結託はならびに不埒にも精神にたたかいを挑んで来るものだからである。

精神はかつて心理とまぎらわしくあつかわれた歴史をもっている。それはあたかも個人の体内に幽閉されているに似ていた。たぶん胆っ玉という荒唐無稽の臟器にでも配当されていたのだろう。そういっても、精神の受附は実在の器官よりはまだしも架空の仕掛にまかせておいたほうがよい。けだし精神はすべての体内的なるものを、生理をも心情をも切断したところに顕現するものである。精神がひとたび天下を匡《ただ》したとすれば、肉体はケジメを食わされたことになるが、こいつ、その現実のエネルギーをもって、おとなしくひきさがるやつではない。生活の場に於て精神の運動に具体的意味をあたえるものは、依然として肉体の力である。したがって、そこで精神に一泡ふかせるものは、おなじく肉体の力よりほかに無い。あたかもよし、恋愛というものがある。按ずるに、恋愛は肉体と心情との合作に係る苦心苦肉の発明である。心情はもともと粋なものだから、精神の悪路におもむくよりは、肉体の捷径につくことをよろこぶ。肉体のうごくにしたがい著著と生活の形態ができあがって、心情は満足にしろ不足にしろ、ともかくそれに依って日日の哀歓をまかなう便宜をうる。精神の支配の側から見れば、恋愛は肉体の叛逆とも見なされるだろう。いわば精神の裏をかいて、肉体は恋愛を生活の現場にもちこみ、心情の熱烈なる荷担をえて、そこに精神の秩序にむかって公然と手袋を投げつけるに至る。精神としては、その運動の場所である生活を恋愛の食いあらすのにまかせてはおけない。精神が押しかけ壻《むこ》の恋愛をおのれの課題としてとりあげるとき、逆に肉体の暴風の中に巻きこまれないためには、どうしても愛一般の規定の網を張らなくてはならぬという事情があるのだろう。原型に子の愛、母の愛を置いて、それを祭壇のほうに高めて行き、犠牲の小羊のことをいい、聖母観念のことをいう。さすがに精神の智略だけあって、聖母観念は幻術の妙をつくしている。ここまで来ると、心情はもともとのぼせ症のものだから、いつか現実のいろおんなの顔を祭壇の女人の像に掏《す》りかえられて、マリヤ様はありがたいという錯覚の中にしばらく味方の肉体をわすれてうっとりする。精神は首尾よく敵の駒組を二つに割って、心情を釣りあげておいて性慾の中にはだかの肉体をたたき、一局の勝を制したかのごとくではあるが、じつは肝腎の恋愛は観念的にしか骨抜きにされていない。けだし、恋愛はいつも必ずその極に於てはなはだ肉体的な陽根と子宮という二つの感覚器官を配置されているからである。この感覚はもっぱら地上の人間のものであり、心情は恋愛に関するかぎりつねにこれより発して、やがて祭壇から爰元《ここもと》に呼びもどされる約束をまぬかれがたい。この配置は恋愛が生活に直結すべき基本的構造であり、それは単純なものなるがゆえに精神も手をつけがたく、ここから浮きあがったところに恋愛は無い。恋愛は他のなにものの干渉をも拒絶するような強烈なものだという。この通性は根柢《こんてい》に於て情熱ではなくて感覚にもとづく。それは感覚の世界に属するがゆえに、人間は恋愛の中に絶望的に孤独である。通俗モラルがみだりにワイセッと呼んでいやしめうる相手は、ただ人体の器官の機能についての妄想にとどまる。そして、一般にワイセツ妄想を捏造するものは通俗モラルみずからにほかならない。敏感なる恋愛の孤立性は、精神といえどもどうにもならぬものである。情熱はこの感度の強弱にしたがう。心情が感覚のかまどに薪をくべるぐらいのはたらきはして見せるのだろう。恋愛の基本的構造が人間生活の一因にほかならないという地上の現実は、この場のたたかいに於て、精神がともすれば肉体に押されぎみになる所以のようである。肉体のほうでは、精神くそをくらえで、地上の跳梁、みごとに通俗モラルを破ったところに、可能なる人間生活の形式を見つけようとする。情熱はさき走りして、いちはやくこの生活形式を充実したようなつもりでいるだろう。感覚から突入するがゆえに、恋愛はいつも coup de foudre（雷の一撃）である。肉体はこの一撃をもって、揣《はか》らずも精神が道徳として遠望するところの、かくあるべき生活の仕方を、性急に、すなわち破滅的に実現するほうに駆け出すことになる。このとき、肉体の運動ははなはだ精神の努力に似る。生活の現場に地歩を占めることでは、あきらかに肉体は一足さきに踏み出しているのだから、精神の支配はやきもきせざることをえない。肉体がそこで破滅したとすれば、それはほとんど精神の敗北にひとしい。

恋愛に於て、精神が完全に肉体を支配するためには、おのれの手をもってこれを殺すほかないだろう。しかるに、精神のはたらきは元来肉体エネルギーを完全に生かしきるはずのものであった。肉体は必ずほろぶべきものだということを痛感しているのは、じつは精神であって、肉体みずからではない。肉体は死を知らないかのように、いや、実際にそれを知らずに、死んでもくたばってやらねえという気合をもって刻刻に生きつづける。突然立ちながらに死ぬ。それが肉体にとってもっとも簡潔なる死の形式であり、すなわちそこに生活の意味がある。精神の理想とするところもまたこれと一致するだろう。刻刻に生きつづける肉体の頑冥は、精神が生活に於て発現するための強力なる手がかりにちがいない。おのれの手をもって肉体を殺さなくてはならぬという万一の危機は、精神の悲劇的な自己撞著である。精神にとって、恋愛に於ける難関はここにある。ことわるまでもなかろうが、可憐なる心中沙汰なんぞのことをいっているのではない。そのような小事は高く買って心情の最後の演技か、もしくは生活難のしわざにでも放任しておけばよい。精神の化粧法としては、すでにおいのうせた古い香水である。この精神の自己撞著をいかに処理すべきか。処理にあたるべき観念上の仕掛を人体の器官に配当するならば、どうしても陽根の役どころになるだろう。すなわち、事は男子の生活に係わる。恋愛生活にあっては、肉体が精神の支配にしたがわないように、陽根は心情の干渉をしりぞけるだろう。肉体の内部にもまた分裂はある。心情ののぼせ症に浮かされて行くさきには、精神の運動は消える。もっとも、世の中には、もっぱら心情の遊戯としての恋愛があってはいけないという法は無い。それもちょっと粋なものである。美女でないような女は女ではないという高尚な趣味も出て来るだろう。この趣味は生活美学者のもっとも喜ぶところである。しかし、恋愛が精神生活であるというならば、心情はつねに冷却されていなくてはならない。精神にとっては、情熱は心情に焚きつけられるものではなく、単に陽根エネルギーの作用である。心情が一箇の女人にぞっこん打ちこむという仕打をして見せても、陽根エネルギーは必ずしも心情のおもむくところに集中しては行かない。情熱をみちびくものは精神である。精神の運動は波なのだから、蓋然的にしか一点にとどまらない。情熱もまた一物にのみ執著はしないだろう。情熱は過度でなくてはならぬとは、このことをいう。恋愛生活では、それが精神に依ってつらぬかれるかぎり、そして肉体がそこにくたばらないかぎり、情熱の過度はどうしても女人遍歴という形式をとらざることをえず、したがって、有為の男子はどうしてもドン・ファンたらざることをえない。ドン・ファンのエネルギーは女人遍歴に於て集中するがゆえに、箇箇の女人について散乱することがないのだろう。ドン・ファンは必ずしも箇箇の女人に心情をかたむけないというわけではない。ただその心情切断の操作がはなはだ速いために、愛撫はむしろ冷酷としか見えず、またそれゆえに情熱はつねに新鮮であることができる。この情熱はあとに毫末の未練ものこらないまでに、一箇の女人を一瞬に愛しつくして、すべての女人に完全なる満足しかあたえないだろう。しかるに通俗モラルはこれを非難する。おそらく、なによりありがたい誠実の美徳を心情の持続にあずけ放しにしておいて、それが尻からくさるものだということを知らないせいにちがいない。ドン・ファンの耳はいかなる非難のことばも受けつけない。心情のことばは精神には通じないからだろう。ボードレールの「地獄のドン・ジュアン」に見るところの、波濤の中に長剣を突いて立った姿勢はついに崩れようのないものである。女人の肉体の勘はかえってするどい。女人は心情に怨恨をふくみつつも、なお遠くに疾走する情熱のあとを追うことをやめない。ドン・ファンは心情が無きにひとしいのだから、好悪の拘泥すべきものは無いはずである。その目中には、女人の妍醜《けんしゅう》の別は問うにたらず、賢愚の差は論ずるにたらない。不幸にも、女はただ女として見えるだけである。心情の喜ぶところも、喜ばざるところも、一様にこれを愛撫し、また一様にこれを拋棄するだろう。すなわち「世の中の例として思ひ思はぬ人あるを。この人はそのけぢめをみせぬこころなんありける。」（塗籠本伊勢物語五十九）ということになる。しかし、ドン・ファンの恋愛生活に於ては、精神と肉体とが調和を見つけたというような、幸運な、つまりバカな納まりぐあいにはならない。精神の自己撞著は依然としてつづき、それのつづくかぎりドン・ファンという人格は肉体をとらなくてはならぬ宿命を負わされている。のべつに女のことで多忙をきわめて、とても美学者のように女をだますとか浮気なんぞをして見せているひまはなく、英雄の生涯、ただその道に一心不乱、惨憺として悲劇的である。しかも非運の末路にあってさえ、長剣に倚って崩れぬ姿勢はときに滑稽ともながめられる。一般に、人生の悲劇は究極に於て喜劇だということかも知れない。この悲劇もしくは喜劇は女人のついにあずかり知らぬところである。

式子内親王の歌に、生きてよも明日まで人はつらからじこの夕暮をとはばとへかし。けだし恋歌の絶唱である。すなわち、恋の歌をうたいあげるためにはわざわざ精神の無理くめんをするにはおよばないということである。三十一字の限界は精神の運動にとっては破裂すべき壁かも知れないが、心情はこれを内包的に広い雰囲気に切替える秘術をこころえている。そこに生死の観念がはいって来て、技術の精妙をあわせうると、女体の戦慄、位置のエネルギーが音色にあふれてまんざらでない。夕暮の落葉か落花か、ひそかに踏んでちかづくべき足音を、はかなくも耳がここにじっと待っている。この耳はすなわち子宮の聴覚である。絶望的に待つということが、いのちなのだろう。恋愛は根柢に於て感覚から発するということの、具体的意味がここに現前する。男子は待つということを知らない。陽根の感覚は運動のエネルギーの作用であり、運動をとどめてものに聴き入るすべをわきまえないからである。一般に恋歌の世界は感覚的には聴覚と関係する。したがって、恋歌の鑑賞は心耳をもってしなくてはならない。女人の情熱は流血の中にも聴きとりがたき音を聴きとろうとする。絶望的に待つという姿勢に於て、女体のエネルギーは集中する。恋歌という詩的操作のかぎりでは、女人はしばしば男子にまさる所以だろう。そういっても、この恋歌の女人は現実ではドン・ファンのよき餌食である。落葉もしくは落花を踏んでここにしのび寄るほどのものは、必ずや恋愛の英雄にちがいない。女人の耳が待ちうけるひそかな足音は、それがまぢかに迫ったときには、たちまち雷霆《らいてい》のとどろきである。ドン・ファンは一撃をもって女人の夢を完全に充実し、すなわち完全に粉砕するだろう。というのは、恋愛に於て、男子の精神は絶対に女人に希望のかけらすらあたえないものだからである。女人にとって、そこに絶望が決定的となるがゆえに、ドン・ファンへの思慕はいのち生きるべき戦慄となるだろう。一般に、人間を殺すものは絶望ではなくてむしろ希望である。いのちの歯車がめぐるためには、希望はそこにはさまったゴミでしかない。画家の霊筆がジャガイモを食う農夫の顔をジャガイモ的に神采あらしめるように、ドン・ファンの一撃は女人の血まみれの指をまさに永遠の花びらと化する。そのうえの怨みつらみは、女人の心情の栄燿だろう。恋愛は、そこに生死が賭けられるがゆえに、人間の生活である。ちなみに、一生に一度宝くじにでもあたったように女の子の手を血の出るほどぎゅっとにぎったまま放さないのは、どこに行ってもきらわれもののの野暮天のすることにちがいない。いろおとこは緊《し》めつゆるめつ、微妙なる楽器をかなでるように、序破急よろしきをえて、女人の指に於てその深奥の心情と交渉し、一瞬のサーヴィスに技術の妙をつくす。ただ世間ざらにあるいろおとことちがって、ドン・ファンの長剣は、なんの世間どれも似たような女の指のごとき、一閃たちどころにこれをたたっ切るだけのことである。女人の心情は男子の精神のあそび場所にほかならない。すでに生活である。いかに厳粛なるべき恋愛のことにしても、人間の生活にあそびがあってはいけないという法は無い。

式子内親王について新古今集の才媛と称される宮内卿の歌に、聞くやいかにうはの空なる風だにも松に音する習ありとは。この松籟《しょうらい》を聴くためには、必ずしも心耳を澄ますにはおよばない。ただの耳でことたりる。というのは、ここに待っているものは必ずしも女体の絶望ではないからである。前掲式子内親王の歌はとても女人でなくてはうたいあげられぬものであるが、この宮内卿の歌は男子もなおよくこれを作ることができる。けだし才智のはたらきである。それにも係らず、この歌は依然として技術的に秀歌たることをうしなわない。この歌の格調が高く本歌の場にとどまっているのは「聞くやいかに」という五文字の歌い出しのゆえだろう。あとはほとんど狂歌の体に似る。いや、後世の狂歌がこれをとっておのれの技術としている。狂歌の源流を説くひとはまず古今集の俳諧歌のことをいう。しかし、技術についてこれを見れば、新古今集の末裔の市井に一家を成したもののごとくである。おおむね定家をもって宗とした江戸の歌学にあって、たとえば本歌より狂歌に入った朱楽《あけら》菅江《かんこう》なんぞは、その天明ぶりの幻術に於て新古今集の骨法をつたえ、演技の妙また宮内卿におとらない。宮内卿の歌はもしこれにちとの俳諧化の手を加えれば、寄風恋として、転じて万載狂歌集中のものとなるだろう。万葉よりのち新古今に至って、歌の技術がここまで来たのは、何といっても文明がそれだけすすんだものと見るほかない。歌格の高下はまた別のことではあるが、恋歌はここに紳士淑女がたがいに才智をたたかわせるべき場となっている。プレシオジテというものは文明の進歩が必ず通過すべき季節なのだから、これをあながちにいい下す理由は無い。ことばの綾に於ける頭脳のあそびは、頭脳を鍛えるための演習として効果をあげたかどうかうたがわしいにしても、ことばがそこで磨かれたという実績は示している。あたかも思想を骨抜きにしたかのごときことばの綾をくぐらなくては、思想は適切なる表現を捕えることができないという抜差しならぬ事情は、われわれがどうしても見とどけておかなくてはならぬことである。文学の技術的発展のためには、プレシオジテは存外幸便の乗物であった。ことばの綾は必ずしも生活の綾に対応しないのかも知れないが、恋歌の技術がすすんだということは、現実の生活にあって恋愛の技術がそれだけ複雑になったということにはなるだろう。ドン・ファンの長剣をむかえて、女人はこれと才智の剣をまじえる。けだし、サロンに奸計が繁昌する所以である。ドン・ファンの側から見れば、恋愛に於て精神のあそび場所がまた一つふえたというわけだろう。この才智の領域では、流血の惨はどうなるのか。ひとはサロンの中ですら傷つくものである。才智のはたらきはそこに受けた傷をみずから縫い合せるすべをこころえてはいるだろうが、流血の生活上の意味は心理的にさらに深刻になるものと目測される。いかなる才智のはたらきをもってしても、恋愛に於ける情痴というやつはどうにもならぬものにちがいない。才智とは、下世話にいえば血のめぐりがよいということである。血のめぐりの迷いこんだところに、情痴は生ずるのだろう。しかし、恋愛が人間の肉体エネルギーに関係する以上、情痴という心情上の性格をもつに至らないような恋愛はその力に於てよわい。精神はエネルギーのつよいものならば何でも好物なのだから、恋愛とともに情痴をも併せて呑むことができる。ただ肉体とともに情痴に惑溺しては行かないはずである。そういっても、惑溺のほうに傾斜して行かないような情痴というものがあるだろうか。恋愛に於て、精神がぶつかるべき難関はまたここにもあった。精神は惑溺から肉体を解放するために、その外にではなく、まずその中に肉体を投げこまなくてはならない。そのくらいのあぶない橋をわたるのでなくては、恋愛は生活上じつにばかばかしい現象でしかないだろう。恋愛には理性ということばは何の役にも立たぬものだということを痛感すべきである。

すくなくとも、情痴は決してレエゾナブルではない。すなわち、精神は無力なる理性を相手にするよりは、まだしも情痴の強烈なるもののほうにくみするだろう。

荀奉倩《じゅんほうせん》、深くちぎった女あり、冬月女が熱を病んだ。奉倩すなわち中庭に出てみずから冷をとり、かえって身をもって女をいたわった。女が死んだ。奉倩もその後ほどなくしてまた死んだ。この奉倩は、女は徳なんぞどうでもよい、色が第一だといった人物である。世説新語はこの事を惑溺のくだりに置いて、この人物がこれをもって譏《そしり》を世にえたよしを記している。世間が何のゆえに奉倩をそしったのか知らない。おそらく、道徳がこの言をにくみ、良識がこの事をわらったのだろう。しかし、道徳と良識とに係らず、奉倩の振舞に於てとくにそしるべきものを見ない。好色から寝室にはいっても、いつか肉体を死にまでつれ出してしまうのは恋愛の作用である。熱を病む女に身をちかづけたのはおろかであったとしても、心情はつねにかくのごとくおろかなものであり、それが惚れたということである。ここではエネルギーがみな熱になってしまったのだから、精神の運動はどこにも見えない。当人の身になれば、生活の意味をうしなったところに人生の真実をつかんだつもりでいたのかも知れない。この錯覚はけだし惑溺の骨頂である。他に掛替の無い肉体がともかく息の根のとまらないかぎりは、この錯覚に於て生活喪失を徹底させるほかない。じつはこのとき肉体は他にいくらでも掛替のある現象でしかないのだが、常の肉体としては地上の現実という畳の上に白刃を突き立てて見せたぐらいの必死の気合なのだろう。惑溺の中では、ひとはフウテンである。しかし、一般に生活上フウテンの部分をもたないような精神上の恋愛は無い。フウテンはみずからフウテンであることを意識しないものである。それを意識しているようなフウテンは、単に計算のうまいケチな無頼漢でしかない。精神はケチな無頼漢ではないから、地上に於て計算の立たないところに運動する。恋愛の場合では、たまたまこの運動に配当されるべき実在の仕掛が、あわれむべし、すでに運動のエネルギーをうしなったフウテンの肉体にほかならないということは、精神の不幸だろう。精神が肉体に求めるものはエネルギーであったはずなのに、実際につかまされたものは熱である。この熱にかかわったエネルギーの量はあとから計算してみても、死んだ子の年をかぞえるに似る。精神はおのれの損害に於て肉体を切断しなくてはならぬという事件が、どうしてもここにおこらざることをえない。精神の秩序の立てどころは、また生活の理法の見つけどころは、これよりさきの領域に属する。惑溺の中に、いのちのはてに、肉体が死に於てたおれた場合は揣らずも精神の領域の閾《しきい》ぎわである。めくらの燃えがらの肉体にしても、情痴というものがじつに恋愛に於ける熱の性格であったということに、ぼんやり目をひらくだろう。この閾ぎわから、精神の運動をおこすべき仮説が立てられる。それでも、あいにく肉体がほろんでしまったのでは、地上の生活のほうには材料のエネルギーが間に合わない。そこで、あわてて死んで行ったバカなやつのことをおもい出して、ひとはふっと気まぐれに棒杭の一本も立ててやろうというようなヤキのまわった料簡をおこす。すなわち、ここに来世の観念が仮定されることになる。バカなやつはフウテンの身分相応にたぶん地獄にでも飛びこんで行ったのだろう。せっかく真紅の色恋の旗、地上のベッドの実景をちらちらさせようというのに、来世の観念と附合うことになってはしめっぽい。おしゃれの精神の趣味に反することである。われわれはあわてて地獄のほうに駆け出して行く代りに、地獄に落ちた熱を地上にとりもどして、現実の生活の場にエネルギーとして置きなおさなくてはならない。精神の自在の風は恋愛を載せて、地獄にも地上にも、また望むならば天上にも吹き抜けるはずのものである。

「わたしはここに謂うところの栄光の何たるかを理解する。すなわち、際限なく愛する権利である。世の中にはただ一つの愛しか無い。女のからだを抱きしめるということは、空から海へと落ちかかるこの不思議な歓喜をわが身にひしと抱きとめるということである。たったいま、わたしがそれの香を体内に沁み入らせるためにアプサントの茂みに身を投げこむとき、わたしはあらゆる偏見に反して一つの真実を成就するのだということを意識するだろう。

この真実は太陽のそれであり、またわたしの死のそれでもあるだろう。ある意味では、わたしがここに演ずるのはわたしの生活である。熱い石の味がする、海と今うたいはじめた蟬とのためいきにみちた生活。風はさわやかに、空は青い。わたしはこの生活を野方図に愛する。そして、それについて自由に語りたい。それはわたしにわたしの人間条件の誇をあたえる。」（アルベール・カミュ「ノス」）

このとき、カミュはアフリカの砂と地中海の水とのあいだに身を置いている。さいわいに、そこはアプサントの香よりも烈しい女体の秘密をたたえたベッドの上ではない。カミュが女のからだの代りに「空から海へと落ちかかる不思議な歓喜」を抱きしめたことは、青春のエネルギーの運動のためにさらにさいわいであった。人間のエネルギーに五色の色分は無いのだから、恋愛がエネルギーに関係する以上、なるほど「世の中にはただ一つの愛しか無い。」それゆえに、恋愛にあっては、一般と特殊とがさまざまの形相を通じて緊密につながっている。恋愛に於てエネルギーの全体もしくは部分が熱にかかわるという現象は運命的に不可避のものだとすれば、精神上の恋愛と肉体の情痴とを分離的にかんがえようとするのは、論理の臆病であって、生活の冒険ではない。ベッドの上には、あらゆる真実に反して、つねに一つの偏見が肉体を待ち受けている。すなわち、肉体そのものの茂みの中にひそむところの、ひとは恋愛に於て死ぬという呪縛である。恋愛の歴史では、すでにいくたびかの流血の実例がこの偏見を支持しているように見える。カミュの清潔なる「ただ一つの愛」観にも係らず、いや、じつにそれゆえに、ベッドの上に太陽の真実であるような「一つの真実を成就する」ということは、精神にとって依然として困難なる生活上の演技だろう。しかし、カミュの発明に係るこのアルジェリーの海辺の精神は、人間が「際限なく愛する権利」を主張するために、また「人間条件の誇」を見つけるために、これを強引にベッドの上にまでもちこんで行かなくてはならぬものである。カミュはまたいう。

「拋棄とは似ても似つかぬ拒否があるということを、理解するひとはすくない。ここでは、未来とか、もっとよい状態とか、境遇とかいうことばは何の意味があるのか。また心情の向上とは何の意味か。わたしが世の中の『やがて』というやつをすべて頑強に拒否するのは、すなわちわたしの現在の富を拋棄しないということに係る。死が他の生にむかってひらくとかんがえることは、わたしは気に入らない。死はわたしにとって閉ざされたる門である。わたしはそれが踏み越えるべき閾だとはいわない。それはじつにおそるべき不潔な事件である。」

東方の死生観の歴史が来世の観念を設定したのは、必ずしも「現在の富」を拋棄したということではない。それをあたかも地上的価値一般の否定であるかのようにおもいこませたのは、坊主商売の形式論理のしわざだろう。一切空という思想は生死の門かも知れないが、決してその室ではなく、踏みのぼるべき段階はさきにあり、往きの道はまた戻りの道である。死が他の生にむかってひらかれたとすれば、たといカミュの気には入らなくても、それは向う側からこちらの地上を見直すため、すなわち「現在の富」にいまだ発見されざる意味を見つけるためである。いうならば、そのとき「現在の富」はわれわれの手に完全につかまれたことになる。そこに見つけられた意味が世界観上高次に属するとかんがえるのは形而上学のうぬぼれだとしても、この発見の結果はわれわれの人生観に直接に影響して来るがゆえに、それは現実のものたることをうしなわない。恋愛に於ける流血の意味もまたしたがって一度はこの死生観の上に載せて測られる。その操作はあながちむだな手数というわけではなく、またとくにわれわれの気に入らないこともないだろう。この手続の途中では、われわれは親愛なる西欧人の死生観としばらくすれちがわなくてはならない。しかし、われわれの死生観にとっても、死はまず「閉ざされたる門」として、また「おそるべき不潔な事件」として受取られる。そもそも来世の観念とは、死についてのこの認識を否定するためではなく、それを徹底させるために発明されたものであった。われわれの目は発明の仕掛は見るが、その信仰上の意味はみとめない。死を美的現象のようにあつかったのは、単に狂言綺語の舞台むきの趣向だろう。死についての基本的現実認識に於ては、われわれは今すれちがったばかりの親愛なる西欧人と完全に一致する。それゆえに、われわれはつぎのカミュのことばを完全に呑むことができる。

「青年は面とむかって世の中を見る。青年は死もしくは虚無の観念に磨きをかけているひまはもたなかった。しかし、それのおそろしさは噛みしめている。死とのきびしい対面、太陽を愛する動物の肉体的恐怖、それが青春というものにちがいない。通説とは逆に、すくなくともこの点については、青春はイリュージオンをもたない。青春はみずからイリュージオンをきずきあげるひまもなく信心気もなかった。（中略）病気ほどいやらしいものは無い。それは死につける薬である。病気は死の準備をする。死に年期を入れる。その第一期が自己憐憫である。病気は人間が完全に死んでしまうという確実性からまぬかれようとする犬骨折を支持する。（中略）文明の真の唯一の進歩、人間がついにそこから離れがたい進歩とは、意識されたる死をつくり出すということである。」

恋愛を愛一般の広い場所につれ出すということは、それを形而上学の手に引きわたすことではなく、人間というものの出来ぐあいを打診することである。恋愛する人間という別あつらえの人間がいるわけでもない。恋愛を見るわれわれの目にはいつのまにか心情のイリュージオンの曇がかかって来ているようである。生活がイリュージオンにだまされるままになっているという法は無い。恋愛はこれを現象として心情にあずけておくよりも、これを事件として肉体に課したほうがよい。というのは、心情の見かけの速さは眉唾物ではあるが、肉体は生死にかけてそうそうウソはつききれないからである。恋愛が人間の生活であるためには、また精神上の事件であるためには、その現実の立瀬は肉体エネルギーのながれよりほかには無い。形而上学の古本は図書館の棚の隅にくさって行くが、肉体はつねにエネルギーの根元たる太陽の光の中にのみ生きるものである。恋愛に於てもまた人間の生活が太陽の真実であるような「一つの真実」を成就しなくてはならぬということは、地球物理学上の約束であって、形而上学からの指令ではない。密室に赤い燈をともしてベッドに香水をふりまいたぐらいの心情のさかしらでは、宇宙を構成する基本的物理法則の目をくらますわけにはゆかないだろう。恋愛が精神上の事件となりうるのは、香水だの口紅だのシュミーズだのに関係するからではなく、それが究極に於て太陽のエネルギーに関係するからである。恋愛にあっては、この関係のもつ意味に磨きをかけなくてはならない。人生のおしゃれとは、このことをいう。病気から死に「年期を入れる」ことが排斥されるのと同時に、恋愛の意味をさとるためには、雰囲気はむしろ邪魔ものでしかない。気分を出すというのは、カフェなんぞのサーヴィスである。恋愛はカフェ病理学に一任すべからざるものだとすれば、われわれはこれを死という「おそるべき不潔な事件」とぶっつけに対話させることを避けがたい。これを避けようとする「犬骨折」はあきらかに愚劣である。人生に於て、死とともに、恋愛は完全に意識されるべきもの、部分的にもごまかすべからざるものに属する。おもえば、ドン・ファンへの通俗モラルの嫉妬も、この敵の恋愛生活にごまかしが見つからなかったせいだろう。そういっても、完全に意識されたる恋愛がこの地上につくり出されたとき、それが「文明の真の唯一の進歩」となるものかどうか、いまだこれを知らない。しかし、恋愛の歴史には今日では無意味としか見えないようなあまたの血がながれているにも係らず、そのむかしにくらべて、今日はまあ不完全ながら文明が進歩して来ているとかんがえうるならば、かつての流血の中には、あらゆる偏見に反して、まあ不完全ながら意識されたる死、意識されたる恋愛がすこしはひそんでいたのかも知れない。

（「新潮」一九五一年一月号）

技術について

桓公、書を堂に読む。輪をつくる工人、輪を堂下にけずる。その椎《つち》とノミとをおいて桓公に問うていう、君の読むところの書は何の書ぞと。桓公いう、聖人の書なりと。工人いう、その人ありやと。桓公いう、すでに死せりと。工人いう、これただ聖人の糟粕のみと。桓公悖然として色をなして怒っていう、寡人書を読む、工人これをそしるとは何か。説あらば可なり、説なければ死におこなわむと。工人いう、然り、説あり、臣こころみに臣の輪をけずることをもってこれを語らむ。はやすぎては苦にして入らず、ゆるすぎては甘にして固からず。甘ならず苦ならず、手に応じ心にかないもって妙に至るべきものは、臣もって臣の子に教うること能わず、臣の子またこれを臣に得ること能わず。ここをもって行年七十、老いて輪をつくる。今聖人の説くところのものも、またおそらくその実をいだきて、窮して死し、ひとりその糟粕あるのみならむと。ゆえに老子いう、道の道とすべきは常の道にあらず、名の名とすべきは常の名にあらずと。

淮南子《えなんじ》道応訓に載せるところのこのはなしは、また荘子にもこれを見るので、けだし古譚の一なのだろう。堂上堂下に於ける覇王と工人との問答は、そのイメージははなはだ象徴的である。なにをもって象徴的というか。幸便に、一西欧人のことばをここに録す。

「下のものが上のものを支えるという。これは強い思想である。これはつねに鳴りひびく。

ソクラテスがいったように、この文句しか聞えない。『ただ死あるのみ』と。この軍律の畳句はわれわれのすべての思考の中に警告としてひびきを発する。ポール・ロワイヤルの隠者にしても、一日に一度以上はものを食う。どうもド・サシィ氏が木の下でくさめをするのが聞えるようにおもう。そのとき、氏は突然、ものものしく、また滑稽にも、もっとも崇高なるかんがえからハンカチーフのかんがえに引きもどされる。そこで、パスカルがくさめはたましいを隈なく占めると書いた。」（アラン「レ・メティエ」）

覇王は哲学者ではないから、くさめなんぞはしないだろう。その代りに、憤怒は強者のものである。「革命というものは、もしさほど愛されるものでなかったとすれば、さほど怖れられもしないはずだろう。たぶん強者が世の中でおそろしいとおもうものは、おのれみずからの憤怒にほかならない。」とアランがすでに書いている。桓公は赫としたはずみに、たちまち聖人のかんがえを本といっしょになげうって、あらあらしく、また率直にも、愛する車のかんがえに飛びうつるだろう。車千乗、帯甲百万、もって中原をさだめるにたりる。ときどき天命が革《あらた》まってくれなくては、強者の立瀬が無い。車の上に立ったとき、堂下の工人のごときはもはや眼中に無いだろう。その車の輪をつくったのは工人の手であり、その手が車の上の生活を支えているという思想は、覇王の鉄の思考の中には、警告として打ち寄せるには至らないようである。軍中、ただ軍鼓の音を聞いて、どれほど死体がころがっても、ソクラテスにはあいにくのことだが、くさめの出るような畳句は聞かない。できあがった車は完全に工人の手から切り離されて、覇王にとってはいわば天授のものである。都合よく天命にしたがって、地上に車の轍のめぐるところは覇王の生活の軌跡である。当人としてはおのれの足で踏みたしかめた地上の真実、人間の歴史は車の輪に依って書かれるというような錯覚を信じているのかも知れない。このとき、死んだ聖人の書を読むとは、生活上いかなる意味があるのだろう。先哲がその実をいだいて窮死したという事情を源頭上に追いきわめる仕事は、あきらかに戦国の人君の任ではない。聖人の糟粕、いいえてよし。堂下よりのぞいた工人の目がね、ぴたりとあたる。あやうく殺されるまでに、虚を突いたものである。覇王が古聖の書に求めるものは、じつにその糟粕にほかならない。というのは、一般に為政者のよろこぶところは、道の道とすべきもの、名の名とすべきものであり、先哲の精神と生活とはかえって邪魔物とされるからである。為政者は本を読まないというか。いや、反対に、古い本の中をさがしまわって、ぽつぽつ文句をひろうことは、その好む道である。いかなる本を読むにしても、為政者はど文学的な読み方に溺れやすいものは無い。他人をだますまえに、まずみずから溺れてみせるという芸当だろう。蚤でもつかまえたように、気に入った文句はぎゅっと指でおさえつけて離さない。糟粕、すなわちピンで止めた理念の標本に似る。為政者は恣意に標本を採集して、これをはやり唄のリフレンとして課することを望むのだろうが、民衆の合唱がその作曲を受けつけるかどうかわからない。本なんぞ読まねえという精神は、逆に士人の側からおこっている。

王寿書を負うて行き、徐馮を周塗に見る。徐馮いう、事は変に応じて動き変は時に生ず、ゆえに時を知るものは常の行なし、書は言の出ずるところなり、言は知者に出ず、知者は書を蔵せずと。ここに於て、王寿すなわち書を焚いて、よろこび舞う。ゆえに老子いう、多言しばしば窮す、中を守るに如かずと。

このはなしは淮南子にもあり、韓非子にもあるが、帰するところは黄老の思想である。とくに黄老を引合に出さずとも、本というものはことばの綾をもってする真実の織物ではあるが、うっかり綾の目に戸まどいすると、先哲の柔軟なる精神の運動と強烈なる生活の賭とを見うしなうような仕掛になっている。多言、当るに似ればすなわち違う。書を読むに甚解を求めずという。書中に精神と生活とをつかまえれば、ことばの綾はすでに解けているにひとしいということなのだろう。そういっても、これは読書体験の揚句のはての、けだし人生観上の悟達である。よっぽどことばの綾で苦労しないと、こうはならない。悟達ここに至れば、本をひろげて、さてなにを見るか。一語一句の義理なんぞを見つけてみてもつまらない。たしかに文字の形態と昵懇《じっこん》にしたほうが気がきいている。そこで、後の君子が焚けた本のけむりの中から、不死鳥の灰、あれこれと残欠をさがしあつめ、突き合せて、考えるということになる。それが甚解を求めずという精神に出ずるものなるがゆえに、集書校勘の技術はすなわち学問の方法である。この方法には多言は禁物である。おしゃべりは金粉を吹き飛ばすからである。義理の解釈で腹をふくらまして、風邪もひかずに寝てしまうのは俗物の食慾だろう。無言の校勘の努力、ときに縁側に出て煎茶かなにかのむ。そのとき吹く風が身にしみたらば、くさめもする。くさめはたましいを隈なく占めるというパスカルの言、ひとをあざむかない所以をさとらなくてはならない。士君子の学問、ちょっと粋なものである。そして、堂上の覇王はこれにあずからない。

ところで、堂下の工人、これまた無言の操作の、椎とノミという仕事の道具はすなわち生活の方法である。輪をけずっている堂下の位置は生活の現場にほかならない。世の中の仕組では、それが身分というものになる。工人としては、技術が職業にならないような、なまやさしい仕事はしちゃいねえという気合だろう。この技術の極意は、一子相伝というわけにゆかず、絶対に当人の身に附いたものであり、その絶対性から離れたところに技術者の人生は無い。おら大工《でえく》だ。これは身分の表示ではなくて、技術の宣言である。生活上の発明は道具と材料とのたたかいの中にひそむ。おおきに、輪をけずることに於て世界像の部分を造型していることになるのかも知れない。できあがった輪はたれかが便宜に使用するにまかせられる。輪が車に附けられて、車がはしり出して行くさきまで、工人の生活は追いかけては行かない。いかなる覇王の生活が堂上にいとなまれようとも、それを支えているものの一つがおのれの手だということを、堂下の工人は、いや、その技術は意識しているひまが無いだろう。哲学者の憂患はかならずしも技術者の屈託ではない。なるほど、後世の革命家がいらいらするはずである。むかしは優長なもので、革命概念は堂上系の政治があつかう品物であって、技術に於てその実をいだくところの堂下系の生活にとっては、二階のばたばたは意味無きにひとしかったように観測される。むかしの天文学では、革命は雷のように、また雨のように、天から落ちるものであった。人民の名に於て道をおこなう後世の革命家が、ふっと往時をふりかえって、くさめが出たとしても、それだけ歴史が進歩したものと有利に計算すれば、風邪をひきこむことにもなるまい。技術の神妙、甘ならず苦ならず、間然すべからざるに至って、ときに行年すでに七十、ちょっと椎とノミとを置いて、技術者ははじめて発言する。なにをいうかとおもえば、聖人の糟粕。すなわち、生涯を賭けた技術体験のはてに、人生観上に於てわずかに発しえた悟達の一言である。やれやれ、御苦労様というほかない。この身に附いた技術は生活の仕方を規定する。極意はつたうべからずとするも、師匠の生活を一心不乱に摸倣するような弟子の洟たらし小僧は代代いたのだろう。代代とは、歴史上これらの工人の生活を身分の枠に閉鎖していたところの、世の中の仕組がつづきえた期間に相当する。その枠内に生活しながらも、弟子のいくたりかはまた師匠と同様に、みずから神妙の技術を身につけて、行年いくつか、後世の革命家が請合ってくれる解放の約束なんぞは夢にも知らずに、はなはだ勝手にも、やっぱりみずからの発明に依って、ある日ひょっと目をひらいて、また格別の悟達にたどりつくような、御苦労千万の運命になる。人間の生活と世界観との関係についていえば、堂上系に依って書きのこされている歴史よりも、堂下系に依ってあるいは書かれたかも知れない歴史のほうが、近似的に正確でありえたであろうとかんがえることは、あながち無理ではない。しかし、当の工人にとっては、世界観につながるべきその掛替の無い技術は、師弟代代、日日の生活に於て世間一統とおなじく、身すぎ世すぎのわざであった。このとき、われわれは métier ということばの歴史的意味を理解する。

「職についている人間の思想はその給料だと、プルウドンがいっている。その言、十分である。けだし、それはすべての礼節をふくむものである。おなじように、工人の思想はその道具だと、わたしはいおう。そして、これは節度ある獣性をふくむ。」とアランが書いている。この節度ある獣性（brutalité mesurée）とは何のことか。按ずるに、人間の中のケダモノ（brute）にとって道具は礼節だということであり、人間のケダモノ的運動の限界は道具だということなのだろう。それはまた礼節（politesse）というものは存外 brutale なものだということかも知れない。人間が自然と交渉するためには、道具をもってするほかない。道具に於て発見されるものは宇宙を構成する物理法則、すなわち自然の秩序である。そうでなくては、せっかく作った車がうごかないだろう。輪をつくる工人はその椎とノミとをもって輪なりに世界を観じていることになる。もしその世界を観ずるための道具が椎だのノミだのではなくて人間の肉眼だとしたらば、そしてそれが生きているケダモノに関係するとしたらば、どういうことになるのか。「家畜の統治は主人の性格を、またしたがって部下の性格を深刻に変化させるということをみとめなくてはならぬ。調教には忍耐が必要である。しかし、鞭は決して遠くには無い。もっとも乱暴な憤怒もときに一法となりうる。利害の念が馬を馴らす人間のおそるべき熱情をしずめるということはある。また人間とケダモノとのあいだに一種の友情が生ずるということもある。」とアランはいう。馬を馴らすことすら、すでに然り。なるほど、そうは書いている。しかし、わたしとしては、アランが人間と馬との関係についてもっと多くを語ってくれたらばよかったのにとおもう。というのは、東方の国には相馬ということがあるからである。この相馬の技術は、馬の中には龍がいるという思想、いや、事実に対応するものである。おそらく西方の馬の中には龍がいないのだろう。したがって、東方に見るような相馬のことが無いのだろう。しかるに、東方には、馬の中にときとして龍が実在する。またこれを淮南子より引く。ただし、文中馬を相する人物の名は列子にしたがって九方皐《きゅうほうこう》とする。

秦穆《ぼく》公、伯楽にむかっていう、子の年長ぜり、子の一族に馬を求めしむべきものありやと。対《こた》えていう、良馬は形容筋骨をもって相すべし。天下の馬を相するは、滅するがごとく、失するがごとく、亡するがごとし。その一にかくのごとき馬は塵を絶ち轍をやむ。臣の子はみな下材なり。告ぐるに良馬をもってすべきも、告ぐるに天下の馬をもってすべからず。臣ともに縄をにない薪をとるところのものに九方皐というものあり。これその馬に於けるは臣の下に非ず。請うこれを見えしめんと。穆公、これを見、行きて馬を求めしむ。三月にしてかえり報じていう、すでに馬をえたり、沙丘にありと。穆公いう、何の馬ぞと。対えていう、牡にして黄なりと。人をして往きてこれを取らしむれば、牝にして黒なり。穆公よろこばず。伯楽を召して問うていう、あいつはだめじゃよ。子が馬を求めしめしところのものは毛色牝牡すら知ることあたわず、また何の馬をかよく知らむと。伯楽長歎していう、すげえことになりやがったな。これすなわち臣を千万にするとも物の数ならぬ所以のものなり。九方皐の観ずるところのごときは天機なり。その精をえてその粗をわすれ、その内にありてその外をわすれ、その見るところを見てその見ざるところを見ず、その視るところを視てその視ざるところをわする。かれの相するもののごときは、すなわち馬よりも貴きものありと。馬至れば、はたして千里の馬なり。ゆえに老子いう。大直は屈するがごとく大巧は拙なるがごとしと。

千里の馬はけだし龍馬である。馬よりもすげえもの、すなわち天機とされる。形容筋骨をもって相すべからざる所以だろう。俗物どもがあつまって、毛色がどうの牝牡がどうのと、なにをがやがや、くだらねえ。九方皐の活眼、だまって自然の中から龍馬を引き出している。龍馬とはなにか。老子の口真似をしていえば、大いに動くものは静なるがごとし。按ずるにこれ運動の無限の持続の象徴である。人間が目をもって、あるいは手をもって、世界像の中にその意味をつかみとったとき、象徴は実在する。これほど速い運動をするものに生きたすがたをあらわされたのではは人間の世の中は物騒である。天子の龍馬に乗ることがときに凶とされるのは故無きでない。玉座という位置の効力がうしなわれるからだろう。龍馬を相する人物の目もまた無気味である。行年七十の工人の手中にある椎のごとく、自然を打ってあやまたず、これは悟達の目なのだろう。すなわち余人にはつたえがたい。大雅堂の執事に、この芸術家はおそらく列子に拠ったのか、印文に前身相馬九方皐の七字を撰《えら》み、みずからこれを刻するに、鉄筆のあやまり、九方の二字をうっかり逆に方九としたが、それしきの瑣事は意に介せず、印はそのまま使用したという。九方皐にしても、すでに存在は自然と合体して、名まえなんぞは焚きつけにちがいない。こういう人間にいられてはこまるという人間がいるかも知れない。神妙きわまって、技術すなわち達観、politesse すなわち brutalité. 合理主義ごときものは手も足も出ない世界の消息である。

龍馬を伝説の世界に追いやったものは、機械という魔物の力である。というのは、機械の発明はすべての個人の身に附いた技術をそっくりさらい取ってしまったからである。合理主義のほうでは機械は自分の発明のようにうぬぼれているのかも知れないが、機械というものは合理主義のワリツケのようには合理的でない。われわれは機械が世界観上の仮説の具体的証明だということを知っている。ある機械がもう役に立たなくなったというのは、その仮説が別のあたらしい仮説のために破られたということであり、すなわち自然の意味がそれだけ深刻に見つけられたということである。すべての機械は未知の宇宙式を実験的に観測するために地上に配置されたガラスの目玉に似る。機械が不思議なもののように見えるのは、そこに宇宙の神秘の影がちらちらするせいだろう。神秘は宇宙の側にあって、機械の中には無い。宇宙の法則がまた一つ判明すれば、ガラスの目玉はまたあらたに磨かれなくてはなるまい。それが絶対的には信ずべからざる仕掛なるがゆえに、機械は文明の力である。機械は人間にむかっておれを信じろといってはいない。便利なおれでさえこのとおりの始末なのだから、なにものをもあまり鵜呑みにしないほうがよかろうと、ささやいているだけのことである。合理主義の迷蒙は、それがガラスの目玉の fée を、すなわち機械的運命論を信じたがっているところにある。それゆえに、これは機械とは関係の無い恣意の機械的形而上学である。マチスは写真を摸倣するといっているように聞く。この画家の目はガラスの目玉の魔力がいかなる性質のものかということを見抜いているのだろう。写真が自然のすがたに似ているからといっても、写真そっくりの自然というものがあるわけは無い。それにも係らず、ガラスの目玉にうつっているものは、あるいはもっと正確に捕えたかも知れぬ宇宙の影である。芸術家の目はこの影を洞察しなくてはならない。一般に、芸術上の摸倣とは、その方法に於て洞察しうるかぎりの宇宙式を摸倣するということである。ひるがえって、かつて工人の手中に自信をもってにぎられていた椎は、今日ではかならずしも信ずべからざる機械の中に吸収された。技術は今や機械のものである。七十年の堪能の手を待つまでもなく、未熟の少年の指さきでついボタンを一つ押せば、鑵詰でも爆弾でも飛び出しうる。このとき、個人に要求されるものは、たれのでもよい指だけである。工人にとって、その手が道具に於て身に附けることをうべき掛替の無い技術の神妙というものは、もはや無い。すなわち、工人にとって、それは人生観上に於てあるいはみずから発明するに至るかも知れぬ悟達への道が完全に絶たれたということにほかならない。いや、すでに工人はその工人と呼ばれる身分をうしなっている。その代りにあたえられたものは、労働者という社会上の位置である。労働者とは、機械の性能に応じて徴発されるべき大量の物理的エネルギーの人格化の謂であり、機械に於て政治する人間の力に対して、これが階級と呼ばれる。社会が人間に依って構成されるものである以上、階級現象としての社会という社会観が成立しうるためには、労働者の生活が個人の達観というものを絶対に発明しえないような状態に置かれるという根本的の事情がなくてはならない。この事情について、ここでは道徳の物差をあてることはしない。ただ為政者がである。労働者にむかって何ともえたいの知れぬ人生観を配給したがる悪癖は、あきらかに笑止千万である。労働者としては、達観の代りになにをうるか。こころみに、これを機械の世界観と相談するか。ガラスの目玉は、おれに手垢をつけるな、おれが見ているのは星のほうだと答えるだろう。これは機械の冷酷ではなくて、むしろ親切な示唆である。しかし、労働者は機械といっしょに星のほうばかりを見てはいられない。それでは、これを階級現象としての社会という社会観と相談するか。どこに受附があるのかわからないが、さっそく革命家があらわれて、おれのいうとおりにすればまちがえ無いと必然的に引き受けてくれる。そして、引き出されて行くところは、政治闘争という人間の力のたたかいの場である。そのさきに解放というものがあるようなはなしだが、あまり宛《あて》にはならない。この闘争の現場では、ともすれば、労働者は賃銀値上の要求という切実なる末端現象の中におのれを見うしないがちだろう。プルウドンのいうように、職についている人間の思想はその給料だとすれば、これまた避けがたく、労働者は達観どころか、ますます人間の煩悩の渦の中に巻きこまれて行くことになる。身に附いて掛替の無いものであるべき技術というものは今日もはやどこにも無いという当初の認識なんぞは、おおきに無用のかんがえとなりかねない。文明の進歩、ついにここに至る。じつは、労働者が人生観上に於て対決すべき真の相手は、この文明の進歩という奇妙な観念であった。この観念が今日の労働者の生活にとって敵であるか味方であるか、われわれはこれを知らない。

一般に、技術が個人の身に附いて掛替の無いものであるかぎり、その技術をもってなされる仕事には、神霊はあっても、進歩は無い。工人が手中の椎をもってつくる輪は、それが神妙であればあるほど、たった一つしか無い千里の馬と同様に、人間の世の中に孤立する。芸術上の傑作にしても、それが万人に属すべきものであるにも係らず、その方法に於て古今いつも孤独である。たとえば、画についていえばわれわれは古今なにがどう進歩したのか知らない。進歩はかえって絵はがきのほうにある。けだし、進歩というものは、技術が人間の世の中の広い領域に普及することを要求するものである。普遍ということばの文明論的意味を、ここに見なくてはならない。技術が万人のものとなったときには、それは無きにひとしいということになるだろう。しかし、文明との関係に於ては、そのことがじつに技術上の理想にほかならない。進歩とは技術的に便利になるということであり、便利なものはつねに文明の核である。たしかに、地上の生活にとっては、千年に一つしかあらわれない龍馬よりも、一日に千台つくれる自動車を乗りついで行くほうが便利にちがいない。というのは、人間の寿命は龍馬の出現まで待ちきれないからである。わけても、芸術家はせっかちにならざることをえない。技術上の理想を近似的に満足させるに堪える機械の発明は、文明の意にかなうとともに、また芸術家のよろこぶところである。この仕掛の中には宇宙の神秘がのぞかれるはずであり、ガラスの目玉が何度も磨かれて行く操作は世界観の発展にとって便利なるべき約束になっている。芸術家という人間はいつも便利なものを好む。芸術に於ける精神の努力は世界観上に於て必至に機械のはたらきと関係するが、しかし方法論上に於てはかならずしも文明の進歩と関係しない。もはや芸術と文明とのあいだにおこるかも知れぬ背反はなににもとづくのだろうか。あるいは、速い芸術家の好むところの便利なものと、遅い文明の進歩派が狙うところの便利なものとは、品物の性質がちがうのかも知れない。それならば、世界観の発展のために、芸術家は素姓曖昧な進歩派の政治との対決の場に於て、技術無き労働者の不便なる生活の側に立たなくてはならぬことになる。おもえば、仕事に於けるエネルギーの集中という日日の労役については、芸術家と坑夫と格別の相違は無い。坑夫がまっくらな洞穴にいどみかかるように、芸術家もまたあらあらしくいまだ知られざるものに立ちむかうだろう。このとき、自然と煩悩との中に生活しつつ、人間のもちうるたった一つの美徳は brutalité にほかならない。芸術家とは、おのれの身に附いた掛替の無い技術を、決して運動の限界とはしないような人間のことをいう。

（「新潮」一九五一年五月号）

金銭談

「窓のすさび」（山崎尭臣輯、享保九年）という江戸の写本にさまざまの世間ばなしがあつめてあるが、その中から金銭に関するはなし二つ三つ。その一つは正直の頭になんとかが宿るという例の天下泰平の出世美談に属するやつさ。

ある富人、伏見から舟に乗って大坂に行くに、舟子にむかって、なんとこのあたりの舟子の中に近年裕福になったものはいないかと問う。舟子答えて、左様な者はおりませぬが、それにはなにか仔細もござるか、うかがいたしという。されば三年前ここを舟でわたったとき、五十金袋に入れてもっていたのを、棚の下に置いたままうとうと睡ってしまい、やがて舟が著いてしまいそいで陸にあがった。道にてはっと気がついたが、たずねてみても容易には出まい。わしはそれをうしなってもさのみ事かく身でもないので、ひろったものの幸よとおもって、そのこといい出しもしなかったが、それをひろった当人は今は裕福であろうとおもい、ちょっと聞いてみたばかりさと語る。舟子がいうに、わたくしは浪花のものにて、じつはその金わたくしがひろい、何人が落されたか、返してあげたいものとは存じたれど、急には知れがたいので、まず宅にもちかえり、その袋のまま、妻子にでも見つけられてはもしやまちがえもあろうかと持仏堂の仏壇の底にかくしおき、そのぬしに出逢次第返したいと念じながら今日に至りました。わたくし宅に御案内して右の金をおわたし申そうという。旅人おどろいて、ささてさて正直なひとかな。さほどまでの心づくしはたぐいも無い。しかる上は、これを贈っても受けはしまい。その金は返してもらいましょうが、貞実のこころざし無にはしがたく、おもく礼をいたそうとあって、港の元船を譲りあたえたとか。舟子それより産を成して、孫の代に至るまで、浪花の富商辰巳屋ときこえた。

これに似たようなはなしは他にもあるだろう。すくなくとも、ひろった金を元のぬしに返したというだけの正直者のはなしならば、その例とぼしからずだね。しかし、このはなしでは、この正直者は返礼としてやがて産を成すべき資本をさずけられている。資本観念がはっきりしているよ。ここが狐や狸の恩がえしで金持になったはなしとはちがう。資本があればたれでも必然に資本家になれるが、貧棒人《びんぼうにん》がその資本をつかむのは偶然でしかない。そして、その千載一遇のチャンスにめぐり逢うためには、貧棒人はいつもかならず正直という徳性を身につけているべきことが要請される。御方便なことに、たまたま伏見の夜舟の中なんぞで右の条件とチャンスとがばったりぶつかって見せるものだから、うっかりすると、貧棒人はたれでも正直でさえあれば必然に資本家になれそうな錯覚がちらちらするね。こいつ、じつは狐狸よりも罪のふかいだまし方だよ。このとき正直とはなにか。他人の所有権を尊重するというだけのことじゃないか。なにも所有しない正直者は、他人の所有権を持仏といっしょに仏壇にしまって、朝晩に念仏をあげることになる。うめえ仕掛だね。これが資本主義道徳の基本的構成だよ。おかげをもって、すでに自分の所有権を確保しているやつは枕を高く眠れるはずさ。この現実の状態を、貧棒人はせめて夢にでも見ろというわけだろう。有徳人《うとくじん》ということばがある。これが盛徳の君子の謂かとおもうと、左にあらず。たかが資産家というほどのことだよ。財産の私有と道徳の向上とがあたかも一致するかのような人生観をデッチアゲたのは、見えすいた幻術とはいえ、存外これに引っかかるやつがあるらしい。伏見の舟子が有徳人という理想的人格に出世してみせた実例は、正直は成功の基という三年据置貯金の宣伝には役立つかも知れないが、なにしろチャンスは千載一遇なのだから、それにぶつからない他の正直者の貧棒人の運命はどうするか。いずれも自分の配当を請求してわいわいさわぐだろう。有徳人思想のほうではこの始末にこまるだろうね。めんどくせえ、さわぐやつはみんな悪人だという論理で押し切るか。それでは貧棒人はいよいよおさまるまい。貧棒はもとより気に入らないだろうが、正直にもあいそをつかしてしまうだろう。すると、道義の頽廃ということになるかな。これはまんざらわるくない傾向だよ。なげくやつは有徳人思想ばかりさ。道義なんぞはどれほど頽廃しても、思想の仕掛から開放されたところに道徳の意味を発見しえたとすれば、それに越したことは無い。この徳性の解放という側から見ると、白河夜舟の夢のような正直出世美談は道ばたにころがった小石一つぐらいには邪魔っけなものだね。教訓。正直者がたまに宝くじにあたると他の正直者がひでえ目に逢う。

つぎのはなし。松島の雲居、あるとき江戸から奥州に下るとて、金二十両をふところにして、ひとり野中にさしかかり、道のわかれるところに来て、方角おぼつかなく、そこに草刈男がいたのに道筋をたずねた。すると、その男、立ちあがって、御坊は路銀あるべし、こちらへよこせ、さなくば打殺そうという。十両もっているといってあたえると、道をおしえたので、二三町行ったが、雲居、いそぎ走りかえって、かの男をさがして、さていうことに、さっき金をよこせといわれたとき、じつは二十両もっていたのを、慾心をおこして十両あるといつわったことは返すがえすもはずかしいので、残った金をつかわすとて、さし出してあたえれば、その男、感涙をながして、さてもわたくしめは畜類同然、今より御弟子になしてたまわれとて、元結をはらって、供にしたがったとか。

有金のこらず出せといわれて、二十両もっていたのに十両しか出さなかったということは、あるいは坊主としては未練の振舞、不覚の沙汰であったのかも知れない。しかし、それはすでになされた行為ではないか。あるき出して行ったやつがまたもどって来たということには、生活上いかなる意味があるのだろう。その二三町のあいだに、十両は二十両の半分という算術でもしていたのかね。それこそ俗物の計算ではないか。一度なされてしまった行為はもう手のつけられぬものだよ。残金の十両をあとから出してイツワリを消そうという料簡は俗物の気やすめに似る。イツワリはイツワリでいいではないか。いや、仕方が無いではないか。復帰ということは、その立ちもどった位置に於て次元が高くならなくては意味が無いね。誠実は気やすめの中にはなく、イツワリを振り捨てて行くことのほうにあるだろう。精神にとっては、行為の修正をかんがえるということこそ、かりそめのイツワリよりもはずべきことだよ。行為をわるくするものは行為そのものではなくて、行為の修正というかんがえのしわざにほかならない。人生に二三町あともどりできるような時間というものがあるだろうか。かりにそのあともどりが可能だとしたらば、そしてそれが可能なるがゆえに行為もまた修正しうるとしたらば、人間はのべつにやぶれ障子の張替にいそがしく、生活の発展はどこにも見られないだろう。すべてこれ無意味だよ。仏法の世界というやつは、やぶれ障子の張替よりはいくらかましなものじゃなかったのかね。この坊主の演技、どうもけちくさい。よくしたもので、相手の泥棒、こいつもまたしろうとのかなしさで、泥棒の論理を身につけていないよ。なんだって感涙なんぞをながしやがるのか、だらしがねえ。こういうキザな坊主をこそ、泥棒は泥棒の名誉に於てぶち殺してもよさそうだね。双方とも役者がよろしくない。泥棒が坊主の弟子に化けたので、人間ひとり救われたとでもいうつもりかな。これもまた俗物があとから帳尻を合わせた算用だろう。人間、いかにしろうとの泥棒にしても、たかがこれしきのことで、そうやすっぽく救われてはやらないものだよ。このはなし、やすっぽいところが俗物の取引だね。これでは精神は一役買って出られない。教訓。泥棒にはぬすまれても坊主にはだまされるな。

つぎのはなし。ある禅坊主の隠遁して芝辺に住んでいたのが年老いて病に臥したので、甥なる男つねづね来ていたわっていたが、やや重態になったにつき、うちに来てはどうか、看病しようとすすめても、いうことをきかなかった。ある日、病人が小さい餅を二百ほしいといったので、そのとおりにしてあたえると、おもう仔細あり、おまえさっさと帰れといって、押内から戸をぴったり立ててしまった。あくる朝行って、戸をたたいたが返事が無いので、押しあけてはいって見ると、病人がたおれている。かねてたくわえておいた金子を、餅に一ずつもみこんで、さて四十ばかり食ったが、そこにて死んだようすで、その金そっくり残して行くことのくちおしく、ことごとく餅にしめて腹中に入れてしまおうという所存であったと知れた。かかる執念ぶかい人間もいればいたものか。

後世でも、金銭についての妄執のふかさでは、先祖の禅坊主にひけを取らないような人間がやっぱりいることはいるだろう。ただ人智が進歩したせいか、貯金は胃の腑にしまいこむ代りに、銀行という金の溜り場にひと知れずこそこそとあずける習慣になっているらしいね。にぎっているものは貨幣ではなくて数字であり、その数字にしぜんと利子の小数字がつもってゆくという仕掛はむかしの守銭奴が知らなかった人生のたのしみというやつだろう。不潔とおもわれていたことが綺麗事に掏替《すりか》えられたのだから、なにもわるいうことはない、文明の効果とおもっておけばいいさ。しかし、その綿密な数字が詰めこんである貯金の通帳を一念こめてぎゅっとにぎりしめた人間の手の垢は、むかしの守銭奴の手の垢と格別に変りばえがしているというわけでもあるまい。やっぱり病気のときなんぞは、通帳を熱くさい枕の下にでも敷いて、先祖同様これを手ばなしたくないきもちになるのだろう。守銭奴がうすぎたないというのは生理的な感覚だよ。つまり、守銭奴の執念は当人の生理にまでしみこんでいるものだね。右の禅坊主のはなしにしても、それがきたならしい印象をあたえるのは、漠然たる妄執の作用ではなくて、瀕死の病みほうけたやつが垢だらけの手で餅をつかんで、その中に金をもみこんで、四十までも食ったという事実のせいだよ。じつは、すべての守銭奴は生きながらにこれと似たような操作を絶えずくりかえしているのだろう。この執念の具体的持続はむしろあっぱれといえばいえるのかも知れないが、そういっても、人間の手は物をにぎりしめたきり放さないためにあるのではない。たまには放すことも知らなくてはいけないね。女の子の手をにぎるときでも、そうさ。しめつゆるめつ、緩急自在の呼吸がありますね。まあ、ためしてごらんなさい。四十分もにぎりしめたきりでは、ましてその手が垢じみていたとすれば、請合ってきらわれますよ。守銭奴もまた最後には金のほうからあいそをつかされるだろう。金銭の流通性を無視した仕打だからね。人間の手は原則的にはつねにかならず清潔に保っておかなくてはならない。よごれたらば、生活にも仕事にもよごれをとどめないために、すぐ洗わなくてはならない。守銭奴は生活の衛生学に反するがゆえに、どうしてもひとにきらわれる仕儀になる。教訓。手づかみでものを食うときには前後に手を洗え。

アランは人間の大慾望としての大守銭奴について書いている。そういう偉人にはさしあたり用が無い。右の禅坊主ごときものは微微たる小守銭奴だね。しかし、小守銭奴にしても、その位置に於てパッションの中に片足ぐらいは踏みこんでいるだろう。守銭奴のパッションというやつは、なにもアランがそう書いているわけではないが、ちょっとアランふうの考え方をしていえば、狂気よりもむしろ混乱と見るべきものじゃないかね。きちがいになる資格をもたないということに於て、小守銭奴諸君のつまらなさが見てとれる。興がさめるということだよ。このつまらなさは小市民諸君の人生観のつまらなさに通ずるものだろう。すなわち、小市民的性格を金銭慾について拡大誇張してゆくと、小守銭奴像ができあがるようなぐあいだね。こいつが逆に、パンパンが警察的風紀概念をやぶるように、小市民的秩序をみだすことになる。はっは、出藍のほまれさ。小守銭奴のはなしはその効果に於てワイセツばなしに似ているね。それゆえに小市民諸君はこれを非難しながらよろこぶのだろう。いや、どうもはなしが心理的に下がかって来たようだね。この件はもう通過しよう。第一に、これは決して自慢にはならないことだが、われわれはとても守銭奴なんぞといういさましいものではない。第二に、いかなる君子大人にもいくらか小守銭奴的な部分がありうると仮定しても、われわれはすでにそこから手を洗うことを知っている。第三に、われわれはどうやら手を洗いすぎたらしく、たとえ三宝に積んで目のまえに出されても、残念ながら金をくるんだ餅を手づかみにはできないような柔弱な生理的構造になっている。もっとも、どうせ縁が無いときまれば、くそ度胸で、小判、結構ですな、いただきましょうと、ばりばり食ってみせたいような気がしないものでもないさ。

さて、金銭との関係についていえば、われわれはいったい何だろう。柔弱のような、くそ度胸のような、えたいの知れないものだね。いや、えたいはちゃんと知れている。けだし借金派というものだよ。借金というやつ、所有権はたれに帰属するのか知らないが、いつも現在それを使用する人間の手の中にある。そういっても、もともと必要があればこその借金なのだから、いつまでも一つ手の中に居つづけしたり、まして胃の腑の中にまで居のこったりするわけがない。ぱっぱと右から左に景気よく、じつはよんどころなく散らし方のむちゃなところを見せてしまうという傾向になる。不倶戴天のかたき、金銭がいかに無価値なものであるかを実証してみせるために、えいと一刀両断、ついに不必要きわまる借金にまでおよんで、一銭もあまさず即座に使い捨てるいきおいは、なにか覚悟するところあって革命精神を貫徹するというほどの気合に似るが、当人はどうも茫然自失の心境のようだね。これでは借金を返すということをわすれてしまうのも無理はないよ。その代り金で手をよごしているひまが無いから、つらつきだけは毎朝トルコ風呂から出たようにのんびりしていられるね。ただし、こうなるまでにはいささか苦心談もあるさ。何事でも、その道にはげむというこころがけは尊重しなくてはならない。そして、借金の道にはげむということは、いかに無益無謀にこれを使い捨てるかということだよ。借金用語では、必要とはすなわち不必要、有とはすなわち無というにひとしい。すべてかくのごとく多忙なまた優長な消費現象に於て、われわれはこの地上に生活する権利を主張、いや、実行しなくてはならぬという羽目にぶつかっている。われわれとは、かくいうわたしといっしょに、かならずや革命精神の旺盛なるべき諸君をふくむね。諸君がいやだといっても、宿命からのがれることはできない。諸君はすでにいさましい守銭奴ではないように、まちがっても大富豪なんぞであるきづかいはなく、また官の表彰に値するほどの正直者でもなく、おきのどくなことに泥棒でもなく、いいあんばいに坊主でもなさそうだから、これはどうしたって、あきらめなさい、おまえさんもやっぱり名誉ある借金派のお仲間だよ。こういわれてみると、ちょっと人格が向上したようなきもちになりはしないかね。この根も葉もない錯覚は、よろしくこれを生活に於て充実すべきものだよ。

「堅実な権利と権利の見せかけとのあいだの相違をとらえよ。富めるものは見せかけることを求めない。しかし、借りるものは見せかけることで生活する。かれは目に飛びつく所有を欲する。すなわち浪費する所以である。ひとは浪費者を見て、浪費することが所得する一つの仕方だということを忘れがちである。借りるものが浪費しても、おどろくことはない。この用法に依るほかに、金はかれに属さない。それは決して熟慮に依るのではない。権利をもっているのは貸す側だからである。こうして、むちゃな借手はむちゃな浪費に追いこまれる。むちゃな浪費が実際の堅実な富に依って癒される例はしばしば見受けられる。その理、察すべきのみ。この借手の錯覚がいかに有力にかためられるかを看取せよ。かれの権利はかれが支払う相手に依って拒否されない。いや、貸手に依ってすら拒否されない。貸手は期限まではすがたを消しているものである。浪費者はつとめて非常に細心でなくてはならぬはずだろう。しかし、かれはそれを敢てしない。ひとはよく浪費者はかれの勘定についてかんがえることを回避するという。しかし、かれはしばしばもっと狡猾《こうかつ》である。かれはもっぱら勘定をごちゃごちゃにしてしまう。一般に、真実はこれを求めなければ決してあらわれない。他のものの沈黙の中に、しかも証跡はぴったりとのこる。それは支払ったり取得したりする動作である。しかし、取得された物は長くとどまらない。他のものがまた安値でそれを得るだろう。」（アラン「貪慾について」）

この哲学者はせっかくの思考力をときどきつまらない方向にはたらかせるね。借手といい浪費者という抽象的人格について、いかにその性質を分析してみても、出るものはウソッパチにきまっているだろう。右にアランが書いていることは、われわれにとってみんな無意味だよ。すくなくとも、どうでもいいことだね。堅実な権利と権利の見せかけとのあいだの相違なんぞは、金銭に関するかぎり、われわれの考の中に入りこむに値しない。われわれはあいにく浪費者という人格ではなくて、単にわれわれの生活を浪費現象から回避させないだけだよ。われわれは金銭を浪費すればするほど、生活または仕事に於て集中すべきエネルギーを貯蓄する。どうしてそういうことになるのか、ウソッパチをならべるよりも、前述のように茫然自失といっておくほうが簡潔でいいだろう。右のエネルギーの貯蓄なんぞも、帳簿に書きとめてあるわけではないから、これもウソッパチかも知れないが、そう考えておくほうがわれわれの生活には便利だね。それが便利だという証拠は、われわれの精神上の領域に於ける行動半径の長さだよ。さあ、ここはちょっと謙遜して見せるところかな。なに、それにもおよぶまい。われわれの精神的行動半径の実際の長さは分厘の狂いなく地球と太陽との距離にひとしい。これは絶対に正確妥当な計算だよ。存外みじかいものだね。これは謙遜さ。見かけの長さでよければ、冥王星まで延長して見せることができる。それ以上は信仰のようにむちゃだよ。精神にあちこち駆けめぐる自由をあたえるためには、地上に於ける浪費現象のごときチンピラ現象を回避したがるような胸算用の中に生活を閉鎖してはおけない。浪費と借金とはたしかにふかい伝統的因縁がある。しかし、われわれの借金は金銭の流通性には関係するが、それを所有するということには関係しない。権利の見せかけとか、目に飛びつく所有とか、所得する仕方とか、アランのいわゆる浪費者はごもっともな、すなわちバカなところをうろうろしていやがるね。誤解のないように念を押しておくが、バカなやつは浪費者であって、アランというすぐれた頭脳そのものではないよ。おそらく通貨概念について、この浪費者とわれわれとのあいだの「相違をとらえ」なくてはならないかも知れない。われわれにとって、政府が発行する札も、狐が発行する木の葉も、それが通用するかぎりに於て、どちらも似たような「富」だね。ときどき政府よりも狐のほうを信用したくなるくらいだよ。したがって、われわれはアランの研究材料のために、むちゃな浪費が実際の堅実な富に依って癒される実例をわれわれの身に於て提出してはあげられませんね。「実際の堅実な富」とは何のことか。按ずるに、アランの浪費者というやつは、この富の堅実性を絶対に信じこんでいるところの、かの餅を食った小守銭奴が河岸をかえて消費面に潜入したすがたじゃないのかな。そいつだとすれば、今度はずいぶん狡猾に立ちまわって、なるほど自分の「勘定についてかんがえることを回避」したり、「もっぱら勘定をごちゃごちゃにして」しまいかねない。われわれは勘定を掻きまわして手をよごすような悪趣味はもっていない。いや、生活することのほうがいそがしくて、そこまで手がまわらない。勘定はなるべくごちゃごちゃにしたくないものだね。それでも、われわれの善意にも係らず、勘定には他のもろもろの狡猾な相手方が関係して来るのが習だから、自分の勘定というものを趣味的に独立させることはむつかしい。やっぱり結果に於てごちゃごちゃになりがちだよ。そこで、いつも赤字をしょいこむのはわれわれの側さ。千円の借金に対してすくなく見積っても一万円の意外な支出が待伏せしているというのが浪費の算術的法則だからね。その揚句に、最後の解決として、かのアランの浪費者なんぞには今度は餅ではなくてピストルのタマでも配給してやればいいだろう。しかし、われわれの手は花を折るためのものであって、絶対にピストルをにぎるためのものではない。すなわち、われわれは断崖に花を折りながら、のべつに生活を破滅の上に賭けていなくてはならぬということになる。そして、それがじつは地上に於ける生活の最善の健康法だということをさとるためには、まあほんの十年ぐらいでもわれわれの浪費現象の中に首を突っこんでみればいい。

アランは乞食の貪慾について、また泥棒と所有とについて、一言しるしている。これもウソッパチにきまっているのだから、わざわざ翻訳するにおよばない。この理解円満な哲学者は、乞食だの泥棒だのの生活を理解なんぞしてみせる隈が無いまでに、明晰な頭脳だよ。これは皮肉ではない。虚心坦懐に褒めているのさ。こういうわたしにしても、不都合なことには、乞食だの泥棒だのの生活については、ついかけちがった体験も無し交渉も無い。もしわたしがなにかいったとすれば、やっぱりウソッパチにきまっているね。ところで、ここに幼少のみぎりから生粋の浮浪児であり、乞食であり、脱走者であり、男娼であり、泥棒であったというめざましい経歴をもつところの一箇の人物が今日に生きている。ジャン・ジュネ

Jean Genet というフランスの作者だよ。ひとさまざま、へんなやつが生きていやがるね。このひと、自分のかつての生活についてなにをいうかとおもえば、金銭なんぞのことにはじつに一語をも著けず、ひたすら花を語り愛を語っているよ。この作者の生活記録「泥棒日記」という奇妙な文章について、また来月号に気がむいたらばなにか書くかも知れない。ただし、来月号といえば新年号、すなわち来年のはなしだから、あまり宛にしないで待っていて下さい。

（「文學界」一九五一年十二月号）

譜

雲根志《うんこんし》、前後続三編。これは近江国の人木内石亭あらわすところの石の本である。手もとの三冊本に附せられた序跋に依ってその著述の年次をうかがうに、第一編は明和壬辰（安永改元一七七二）、第二編は安永己亥（一七七九）、第三編は享和改元辛酉（一八〇一）に係る。享和辛酉は石亭七十九歳、生涯にわたって石と附合うことはなはだねんごろであった。すなわち、前編の自序に、「幼ヨリ玉石ヲ珍玩スル癖アリ、今スデニ膏肓ニ入ル」とある所以だろう。その玉石をあつめるには「名山大川ヲ跋渉シ、アルヒハ樵夫ニ従ヒ、アルヒハ漁夫ヲ逐テ、コレヲ尋ネコレヲ探リ、磊砢《らいら》玲瓏《れいろう》、槖《たく》ニ嚢ニ、コレヲ裹《つつ》ミコレヲ戢《あつ》メ、論ヲ同志ノ人ニ設ケ、証ヲ古代ノ籍ニ考フ。」かくのごとくにして蒐集二千余品、これをもって冊子を編むにあたり、そのこころざしは「同志ノ談柄ヲ助ケ、太平ヲ願フノ興ヲ長ズルコト」にあったという。ただし、書中に名をつらねる石のかずかずは、かならずしも収蔵の品種のみではなくて、まま諸国に散在する謂うところの奇石をあげて、ときにその霊異を説き口伝をしるす。叙するところ、おおむね俗説にちかいようである。またみずから集めえた石についての考にしても、後世の鉱物学の知識をもってこれを見れば、なお杜撰あるいは幼稚なることをまぬがれないだろう。おりおり図を挟んで解に便する。その図またことごとくは正確を保しがたいようである。すると、著者の博捜にも係らず、所詮これは俗書であるか。そういっても、石亭の石に於けるまた努めたりというべく、反覆丁寧、その疑を存するものについては、これを浪華の木村孔恭《こうきょう》に質している。すなわち知る、この書は蒹葭堂《けんかどう》一派の物産の学の端であった。すると、考究の未熟にも係らず、これ期せずして学問の書であるか。いや、なによりも、これは好事の本である。著者は好事のために一生を棒に振ってちとの悔いるところも無い。玩物はからずもこころざしをえてよく生活を満たしめたものか。そして、好事またおのずから学問に通じ、学問かならずしも俗説を排せず、その捜しえたところを図に録し、その考えるところを文につづり、ついに一本の体裁をとるに至る。これを通覧するに、体裁はあたかも随筆に似る。その目を問えば、けだし譜というものにちかい。

石譜はつとに唐山にこれを見る。わたしはこの道にはとんと暗いが、たとえば宋の杜綰《とわん》に石譜一冊の著があり、各地に産するところの珍石百十六種をあげている。（図なし。）明以後に下っては、図をもって石の品種をつたえるもの、まれに門外漢のわたしの目にすらふれるくらいだから、おそらく類書はとぼしくないだろう。およそ石譜を編むこと、そのいつの世にはじまるかを知らない。ただ一般に、随筆を古きにさぐるひとは唐の段成式の酉陽雑俎《ゆうようざっそ》のことをいう。同書巻十、物異のくだりに、石墨、石漆、鏡石、釜石、魚石、燃石、石鼓なんぞの名をつらねて、その産地と形状とをしるす。ただし、図をともなわない。また譜の体を成さない。これすべて物異篇中の部分に属して、いまだ鉱物学という学問を組立てる材料としてはみとめられるに至らなかった模様である。好事のひとの著眼、わずかにこれを拾って随筆に載せる。随筆の家も、文墨の事ばかりをあつかうわけではないので、むかしから多忙をきわめる。酉陽雑俎はまた数巻を割いて広動植の篇に充てている。すなわち、動物植物鉱物の学問は、発生的には、随筆の家に於てその萌芽をそだてたということになりそうである。巻十八、木篇に、「竹譜ニ竹ノ類三十九アリ。」と出ている。譜という概念はすでにあたえられたものであった。すでに竹譜がある。花卉《かき》草木《そうもく》はやがて譜という様式に於てすがたをとののえざることをえない。譜のおよぶところ、また石をも収める。そして、譜一般について見れば、いずれも多く図をともなう。図は目にうったえるための説明ではあるが、それみずからに於て絵画に属する。したがって、譜はしばしば画冊に似る。もし譜中の図がもっぱら絵画の領域に引取られたとすれば、これはもはや随筆の家の考から離れて、彩管の家の業となるだろう。すなわち、画の譜というジャンルがおのずから一家を立てるだろう。いや、実際に画の譜を見ることはめずらしくない。たまたま架蔵に光緒板の疎園鞠譜一冊がある。文人画の菊の図をあつめて諸家の詩を添えている。これは植物としての菊の写生図ではなくて、あきらかに文人画という様式に於ける画菊にほかならない。この書もと富岡鉄斎旧蔵に係り、帙《ちつ》の裏に鉄斎自筆の識語がある。その語にいう。

○蘭竹梅菊ヲ呼ンデ、画家四君子トナス。ソノ画譜ノゴトキハ松斎梅譜モットモ古シ。蘭竹コレニ次グ。菊ニ至ッテハワヅカニ芥子園中ニアルノミ。今ソノ譜ヲ獲タリ。一時文人ノ遊戯、モトヨリ取ッテ以テ師法トナスニ足ラズ。（原漢文）

文人画の四君子の譜は、そのもって師法となすに足ると足らざるとに係らず、おそらくすべて一時文人の遊戯に出ずるものなのだろう。蘭竹梅菊という植物も、ならびにその画も、みな美的生活をまかなうところの好餌ならざるはない。ただし、写竹是伝神、かならずしも植物の真に迫ることをもとめず、これを取って食ったところに、文人画という様式が現前する。それならば、ここにはもはや無用の文字を立てる余地は無かった。なるほど、筆をふるって詩を書きつけておけばよい。美的生活の飢渇はさらに糧をもとめて、無機の物質まで見のがさない。すなわち、硯、墨、印なんぞの小道具に至るまで、それぞれ収められて譜中にあり、その間に遊戯する生活者の気合をひびかせる。このとき、譜の全体であるところの図は、かえって文人画の筆法ではなくて、著意して正確に原物の真に迫ろうとする。印譜のごときは、ただちにその印影をあらわすのだから、細工のほどこしようもない。けだし、伝神はすでに譜の以前にあった。硯、墨、印は遊戯する精神がいわば文人画的に物質を征服した形態にほかならぬものである。原物すでによく神をつたえる。見つけた原物をその形態のままに写すところに、これらの譜の面目はある。これをえてともに喜ぶものは、人生まれに逢う知音だろう。譜は同好交歓の場であった。もし生活がそれを欲するならば、木石の譜もまた遊戯の場となりうるだろう。すると、かの石亭の石をあつめて冊子を編むことは、なお文人の遊戯に似るか否か。ほとんど然り。またかならずしも然らざるものがある。

石亭の石を愛する癖は、そのこころいきに於て、おそらく文人の竹を愛し硯をもてあそぶものと異ならない。その雲根志を編むに、「論ヲ同志ノ人ニ設」けるという。もし後世の鉱物学に論を設けたとすれば、著者多年の労にも係らず、雲根志はあきらかにもって「師法」とするにはたらぬものだろう。いかにせん、当時この道の知識ははなはだ遅れて、いまだ学問の体を成すに至らざる事情をおおいがたい。たとえば、雲根志は石油を霊異類中にかぞえてつぎのごとくしるす。

○石脳油。美濃国谷汲山《たにぐみさん》を豊然上人延暦年中草創の時其地をならすに、一の奇石を掘出せり。石中より油を涌出す。豊然ちかひて云。我此地におゐて大悲の像を安置せん。もしひろく利益あらんには、願はくは此わき出る油ます〳〵多からんものと、云おはるといなや、油のわき出る事泉のごとし。豊然大によろこんで、十一面観音を安置せられける。今其油やう〳〵少しといへども、仏前の常燈を照らす程の油は涌出ぬ。又博物志にいはゆる石漆の類なるべし。又越後国臭津《くさつ》に此事あり。是は地中に池ありて、此池へ湧出る事おびたたし。よつて一村是を用ゆ。又大に売買す。甚だあしき臭気ありて色黒し。日本紀に、天智天皇七年越後国より燃る水を貢ぐと。是なり。又讃岐国香川郡安原村にもあり。

これをさきの酉陽雑俎物異篇について見るに、左のごとし。

○石漆。高奴県ノ石脂水ハ水膩《すいじ》ノ水上ニ浮ブコト漆ノゴトシ。採テ以テ車ニ膏サシ及ビ燈ニ燃セバ極メテ明ナリ。

石油について知るところは天智天皇七年も唐も江戸もおおかた似たようなものと見える。叙述の簡潔をいえば酉陽雑俎をもってまされりとしなくてはなるまい。雲根志が無用の豊然上人を点出しているのは揣らずも知識の曖昧なるよわみをさらしたにひとしい。しかし、学問の筋は雲根志という本の中にはなくて、著者不断の博捜よく二千余品の材料をあつめるに努めたという基本的操作の中にあるだろう。みずから「玉石ヲ珍玩スル癖」という。この癖の学問的意味はすなわち鉱物の標本採集ということになる。ただ標本を整理してこれを考えるにあたって、考はもっぱら好事の癖のほうにながれる。いうならば、方法に於て随筆的であった。もし当時に鉱物学の体系と方法とがあたえられていたとすれば、雲根志はかならずやその面目をあらためたにちがいない。そういっても、物産の学という科学思想はすでにあった。そして、その科学思想に対応するような基本的操作があったということは、ともかく石亭がその生涯を賭けて、もしかすると無意識に、これを示しているごとくである。蒹葭堂木村孔恭は石亭より少《わか》きこと十三であるが、その道の先達であったという。蒹葭堂は好事の幽人である。また文墨の韻士である。そのあらわすところの随筆は物産と文事とにわたり、その交るところは同好の雅客であった。江戸の博物学が文人の遊戯よりおこったといっても、さして見当ちがえではないだろう。当時の文人の好奇心を刺戟したものに南蛮渡の器財なんぞがかぞえられるかも知れないが、西欧科学の体系が舶載されるに至ったのはなお後年のことである。博物の思想、その由来するところはまた唐山か。

物理小識、浮山愚者の自序を見るに、万暦年間遠西の学の入ってのち、通幾と質測という二つの観念ができあがったようである。按ずるに、通幾とは物と宇宙との関係、質測とは物の性質の分析をいうようにきこえる。宇宙の秘密はこれを鬼神方術の管轄にばかりまかせてもおけない。人間が自然とたたかってその謎を解くために、物質の学問はまたおのずから格別の方法を発明しなくてはならぬという認識の峠にさしかかったかと見える。東方の学風もそろそろこの傾向におもむいてもよい時分であった。同書巻七、金石類に、たとえば金のくだりには、併せて分金爐、金中出銀法、淡金変赤法、鍍金法なんぞを説き、銀のくだりには識銀法を説く。これはかの酉陽雑俎のごときには見ることをえない記載であった。また宋応《そうおう》星《せい》あらわすところの天工開物《てんこうかいぶつ》は、農耕、衣服、染色、塩、砂糖、陶埏、鍛冶、舟車、そのほか各種の産業について、図をもってそれぞれ工学的技術を講ずる。たとえば巻十八珠玉篇には、もっぱら玉とり玉つくりの法を説いて、かの好事のひとのただ蒐集をたのしむものには似ない。右の二書はともに明の崇禎《すうてい》（わが寛永）中の著述に係り、江戸の文人の間に広く読まれたものである。物産の家にして、まさによろこぶべき本であったにちがいない。この道に淫するひとびとは、この唐山伝来の科学思想をえて、紅毛の器械の奇巧なるものに至るまで、これをむさぼり、これをもてあそび、もって幸便におのれの好むところを増長させたのであろうか。

ちなみに、天工開物はその巻の配列に於て農耕を第一に掲げ珠玉を最後に置く。そして、著者宋氏はこれに序して「巻ニ前後ヲ分ツハスナハチ五穀ヲ貴ビ金玉ヲ賤ムノ義ナリ」という。お米が大切。言あたかも理あるがごとくである。しかし、学問の対象に貴賤を論ずるということがあるだろうか。これはむしろ政治の要請に、もしくは道徳の規定に関係するものか。一般に、物産の学は随筆の家の書斎にかくれて、どうも経学の家の講筵《こうえん》にはのぼらないようである。とくに和朝の儒の、能弁しきりの経国の策をとなえるものは、絶えて博物の学のことにいいおよばない。こころざし天下にあり、道義を好んで野心満満、物を愛することをかろんじていると、てきめんに物の学問は連行してくれないだろう。名玉奇石、かえって石亭のごとき僻地の夫子の手もとにあつまる。ただ惜しむべし、石をあつかうに学術いまだその法をえず、漫《みだり》に考えるところを冊子につづれば、この一部の書、旧に依って文人随筆の風をとどめるのみ。石譜ついにこれ一時の遊戯か。

一般に、譜はこれをつくるものがたとい文人遊戯の手ではあっても、そのためにまず物をあつめるということ、物を観察し整理して考えるということは、すべての学問の基本に通ずる操作であった。物は譜中におさめられて、あたかも宇宙の中にその位置をあたえられたに似る。物の何たるかについて、すくなくとも近似的に、譜中の表現は正確を期せざることをえない。ここは芸術の場ではないのだから、実際には文に於ては考証、図に於ては写生にかたむくことになる。いや、写生の仕方すなわち考証の仕方ということにもなるだろう。随筆の家のわざくれは所詮は譜という様式に於て結晶してゆくものとすれば、操作上どうも考証という学問にぶつかる羽目に立ち至るようである。表現はもっぱら簡潔をよろこんで、そのはてはおおきに無言か。一ひらの石のかけらもまた世界像の部分であるという認識をたしかに身につければ、なにをごたごた書くことがあるのだろう。ただ一枚の図の巧みなるものをえて、表現はそこに尽きる。かの雲根志のごときも、まさに譜の体を成すべくして崩れたと見えるのは、その無用の饒舌に於てであった。もしさまざまの部門にわたって譜の体ひろく世におこなわれるときには、思想は傾向に於ておのずから実証的におもむくべきことを想像しうるだろう。しかし、それにしたがって、絵画の領域にまで写生図が流行するものかどうか、わたしは統計的にこれを知らない。ただ江戸の儒林に校勘の学風のおこったころ、それとは無関係なるべき絵画のほうにたまたま写生の傾向のあらわれたことは、現象としてこれを見る。一例を市井の間にとれば、町絵師のえがく手本である。謂うところの画式はもとよりおこなわれた。各流各派、それぞれの様式をもって画冊をつくっている。中に就いて、寛政より文化年中にかけて、もっとも繁昌した江戸の町絵師のひとりに、鍬形蕙斎《くわがたけいさい》をかぞえなくてはならぬだろう。蕙斎えがくところの略画式は山水草花人物とりどりであるが、写生ということでは魚貝略画式をあげる。これは魚づくしとでもいうべきか、各種の魚をえがいて、そのうち鯉なんぞはどうやら狩野派の流の類型かと見なされるものの、他は大体に於て実物の魚を写したにちがいないような筆法を示している。カサゴの図ボラの図のごときは写生として出色のものである。蕙斎は狩野派より起って浮世絵に転じた絵師であるという。しかし、魚貝略画式はそのいずれの画風もきわだたず、ただ見る、一帖の写生図である。もし魚の学問というものがつとに筋目を立てていたとすれば、この種の画冊はやがて婦女童幼のための手本であることをやめて、水産学上の魚譜という方向に入りこむべき糸口になったかも知れない。しかるに、花卉草木のほうは、ひとり蕙斎略画式のみならず、おおかたの画式に於て、これを一派の類型から放つべくしていまだ放つに至らないようなおもむきに見える。江戸のフロラはなお旧に依って風流の目をもってするほかにこれを観察する仕方が無かったのであろうか。いや、反対に、自然に関する江戸の学問の中でも、はやく一家の体をそなえたものは、植物学のようであった。

松岡恕庵《じょあん》の桜品梅品蘭品のごとき著述は、その梓行《しこう》の年次はおくれて宝暦に係るが、つとに享保年中の仕事である。花卉草木の品種を図に写して考えるという操作がただちに植物学上の花譜をつくっているのは、その系統に於て、古くよりつたわるところの本草という薬草の学問の歴史を継いでおこったせいだろう。江戸の植物学が本草の家にはじまったことは当然の成行であった。植物の本はかならず図をともなう。そして、奇妙なことに、江戸の植物学者はおおむね写生にたくみであったように見える。ことに飯沼慾斎《いいぬまよくさい》の花譜稿本のごときは、著色密画、これを画冊として鑑賞するに堪える。花卉草木の図をあつめて珍奇の帖に仕立てることは清朝に多く見るところであるが、江戸の植物の本もまたときとして美術書に似る。花卉草木を尋常町絵師の筆に依る類型から開放したものは、もしかすると植物学者の綿密なる写生であったのかも知れない。自然はまたここに格別の見方をあたえられたことになる。のちに宇田川榕菴《うだがわようあん》が洋学の流儀にならって植物の図鑑をつくるにさきだって、学問上の植物という観念は本草の家にそだてられて来たようである。また宝永享保の刊本に、江戸染井の植木屋伊藤伊兵衛《いへえ》自撰自画に係る地錦抄《じきんしょう》二十冊があることは、たれ知らぬものもない。植木屋もまたみずからそだてた花卉草木のためにその譜をつくっている。魚屋の店に魚の譜があらわれないのは、魚屋は魚を殺すことにいそがしく、とてもこれをそだてることをよくしないからだろう。染井の伊兵衛は広益地錦抄にみずから序して「斯《かく》なる花宮を園畝にうつし、庭籬にあそび、不断の花に興じ、花木を接《つぎ》、草花を分植《わけ》、彼を見これを詠《ながめ》ば、結気《しんき》を散じ、枝をたはめ、ふりをなをして、木影にやすらひ、花薫《かほり》をきかば、鬱《き》をひらき、心を養ふものならしや。」という。けだし、その道にあそぶものか。そういえば、松岡恕菴の桜品の自序ならびに諸家の序にも、しきりに桜の愛のことをいい、和漢の詩文をためしに引いて、その体裁あたかも文人随筆の本のごとくである。植物学者も植木屋も、その業にいそしむこと、なお人生の遊戯ならざることなきか。

後世の植物学はもはや著色密画の写生図を必要としないだろう。植物の標本はすでに研究室中のものである。本の図版はこれをリトグラフィの精巧なる技術に任せればよい。序跋に和漢の詩文なんぞを引くことはおもいもよらない。すなわち、植物の本は、いや、植物学者はその仕事に於て随筆家とまちがえられるという幸運あるいは不運をとうにうしなったようである。花卉草木のみならず、魚は水産学に、玉石は鉱物学にそれぞれ引きとられて、動物植物鉱物、みな随筆の家を見かぎり、もっぱら専門学術の家のむさぼり食うところに帰している。おもえば、この分裂の因は遠く譜にあった。随筆は究極に於て譜という簡潔なる様式を編み出したが、そこがまた随筆家の運動の行どまりのようであった。譜に於て、随筆家はなにを表現したか。それはほとんど言詮のすべが尽きたということを表現したにひとしい。

その代りに、随筆家の生活はここに充実しきったものと目測されるのだから、この差引はだいぶ当人の徳分になっている。したがってすでに食ってしまったはずの、あるいは食いそこなったところの動物植物鉱物がめいめい独立して学問の一家を立てたにしても、文句をいうことも無いだろう。それがまだ食いたりないというならば、随筆の家みずから専門学術の家に造作を切替えるほかない。すると随筆の家にわずかに残るものは、文人画の四君子の譜という骨董であるか。あいにく、それに対応するような生活は今日にありえないのだから、この骨董はすでに古道具屋の食いものになっている。かの写生図のごときは、これを売ってカメラを買うに如かない。随筆の家に於てかつて生涯を賭けて愛玩したものはすべて消えた。もっとも、随筆の歴史をさぐれば、宋の洪容斎《こうようさい》筆記のごとき、また羅《ら》大経《だいけい》の鶴林玉露《かくりんぎょくろ》のごとき、もっぱら文事をあつかった筋目のものはある。しかし、これは今日では文学という学問の領域に属するだろう。はるかに下って、かの市井の俗事、身辺の雑件を記したものに至っては、今日あやまってこれを小説と呼びかえて、笑うべし、謂うところの芸術家の商売になっている。すなわち、随筆という様式は今や名のみ存して、随筆家という生活者はどこにもいない。もし随筆家という死せる人格に該当するような実在の人間が今日にいたとすれば、それはただのカラバカという判定になる。

しかし、随筆の家が破産するに至った事情はその内部にもあった。譜という最後の様式は、その表現法に於て、ことばに代えるにほとんど図をもってしている。随筆はこの方法の切替にどうも性急すぎたようである。随筆家という生活者はこのときもはや自分のことばを信じなかったのかも知れない。すくなくとも、自分のことばよりは、自分の愛玩する物質のほうを信じたのだろう。随筆家は自分のことばを書きつけるのに筆硯紙墨をもってする。ことばと筆硯紙墨と、いずれを愛するかと問えば、答はきまっている。当人だまって硯の図墨の図をえがいてこれを譜に仕立てて見せるだろう。ことばは硯譜墨譜の下に敷かれたことになる。愛すべきものは、ことばではなくて、精良の筆墨をもってことばを書きあらわしたうつくしい字形のほうにちがいない。この文字の音韻を満足させるようなものであれば、どのことばでもよさそうである。生活のたしになるものは語感であって、かならずしも語意に拘らないだろう。なるほど、当人口をきくのがおっくうになるのも無理はない。すなわち、こういう生活もまんざらおつでないことも無い。ことばの意味にたよる表現法を拋棄したとき、随筆の家の生活はもはや破産しか見えないまでに完璧であった。そういっても、ことばのエネルギーをもって組立てられる文章の長さはどこまでつづくか、またそれがいつどこでいかなる意味を発するか、知れたものではない。ことばに於けるエネルギーの持続は、いまだその限界の知られざるままに、概念上ではこれを散文と呼ぶほかない。随筆という様式にもしこの散文概念を導入したとすれば、いかなることになるか。かつて随筆の家はその愛玩するところの動物植物鉱物を擁して富裕であった。あたえられた散文という方法はよくこの破産の家をよみがえらせることをうるか。今日、随筆の家が信用をうしないすぎたのとおなじ度合に、学術の家はどうも信用されすぎているようにも見える。全体としての物の何たるかを見直すために、かの動物植物鉱物を、ふたたび学術の家から呼びもどして、あたらしい随筆の家に於てこれをたしかめる必要があるかも知れない。

（「文學界」一九五三年八月号）

狂歌百鬼夜狂

天明五年乙巳（一七八五）十月十四日の夜、江戸深川椀倉《わんぐら》の某家に、狂歌の百物語が興行された。百種のバケモノを題にして、百首の狂歌を詠むという趣向である。名をつらねるもの、四方赤良《よものあから》（のち蜀山）、平秩東作《へづつとうさく》、紀定丸《きのさだまる》、唐来参和《とうらいさんな》、宿屋飯盛《やどやのめしもり》、山東京伝、算木有正《さんぎのありまさ》、今田部屋住、つむり光、馬場金埒《ばばきんらち》、大屋裏住《おおやのうらずみ》、鹿津部真顔《しかつべのまがお》、土師掻安《はじのかきやす》、問屋酒船《とんやのさかふね》、高利刈主《こうりかりぬし》の十五人。その年、この百首の狂歌と平秩東作の百ものかたりの記とを合せて、これを一本に仕立てている。四方山人の序、唐衣橘洲《からごろもきっしゅう》の跋、板元は耕書堂蔦屋重三郎《こうしょどうつたやじゅうざぶろう》、題して狂歌百鬼夜狂という。わたしはこの天明板は見ていない。今手もとにあるのは文政三年（一八二〇）の再刻本である。このとき、板元の耕書堂はすでに二代目になっている。その二代目蔦重の刊記に依ると、かの天明の板木はのち「はるかにはたとせあまりをへて」文化三年（一八〇六）三月の江戸大火のためにそのなかばをうしなったが、「さるをせちにもとむる人のさはなるにより、こたび其たらざるをおぎなひ、はた今のときに名だたる四人の大人《うし》のはし書とみ歌をこひてこれにます。このふみ集中作者すべて十六人、おほくは泉下の客となりて、世にいまそかるはただこのよたりの大人のみ。よりて其筆を労してここにうつし、ふたたび世に公にする事とはなりぬ。」とある。右に「集中作者すべて十六人」というのは、天明板に跋を寄せた唐衣橘洲をもかぞえているのだろう。天明五年から三十五年のち、十六人の中で生きのこった「よたりの大人」とは、蜀山（ときに七十二歳）、六樹園飯盛、狂歌堂真顔、紀定丸の四人である。ちなみに、定丸は吉見氏、蜀山の姪、若くして聖堂に学んだ。同学に小林歌城《おばやしうたぎ》あり。歌城が定丸にむかっていうことに、「学問は馬鹿にさせるものだ。おぬしのような男に学問させるのはもったいない。」そして、両人夜ごとにしめし合せて、聖堂の塀を越えて抜け出し、一心不乱に根津の遊廓に通った。秀才の名にそむかぬ人物であった。この「よたりの大人」自筆の序と歌とをえて、これを文政板に添えているのは、あきらかに天明板には無かったものにちがいない。巻首に、天明癸卯夜深川、妖怪百談歌百篇、地是椀倉鬼一口、喰残多少狂歌連。十人の酬和の夜半もふか川の八幡かねとなりにけるかな、蜀山とある。今昔の感を述べた詠である。ただし、癸卯は天明三年にあたるが、百物語が催されたのは前掲のごとく天明五年乙巳に係る。というのは平秩東作の記録の中にその日附が明記されているからである。

百物語の式などは今さらこれを問うことを須《もち》いない。また集中の狂歌のいくつかを採って、その優劣をあげつらうことは、ほとんど文学的意味が無い。たかが一夜のあそびの、たわれ歌ではないか。後世のわたしがそういうのではなくて、これは当の狂歌師どもがそうおもっていたことである。しかし、それではあまりに愛嬌が無いので、しばらくかれらの術中におちいって、その作例の二三を示しておく。

女の首。首ばかり出す女の髪の毛によればつめたき象《きさ》のさしぐし　赤良

離魂病。目の前に二つの姿あらはすは水にも月のかげのわづらひ　飯盛

三目入道。日月にたとふ眼のみつあればひとつは星のいりしなるべし　京伝

狂歌一首ごとに燈心一本を消してゆき、百首の歌成って百本の燈心が消されても、あいにくバケモノはあらわれない。ただ人間のバケモノが寄りあつまって、あかつきの空のしらむまで酒をのむ。たったそれだけのことである。そういっても、たったそれだけのことに於て、このバケモノどもの発明した生活実験が形式をとっている。そして、この実験に立会うものは、他の見物人ではなくて、当人みずからにほかならない。これは後世があるいは想像するかも知れないような老のすさびではなかった。一座の年ごろをざっと見わたすと、天明狂歌師中の最年長である大屋裏住こそときに五十二ではあったが、この道の先達と目される四方赤良は三十七、参和はそれと同年、東作はそれより一つ年上、飯盛と真顔とは三十三、定丸は二十七、京伝は二十五であり、四方連の平均年齢はかならずや三十歳を多く越えない。げんに、赤良がはやく狂歌を唱えたのは、これよりさき明和安永の交、二十代に起っている。天明狂歌はその発祥に於て青春の運動であり、老朽の徒はかえってこれに参加しないという

事情があった。この運動が生活上に発見した意味はただちに文学上の価値につながる。その価値のつかまえられたところは、前代の伝統の外に出て、また後世の亜流の中に無い。発明はかならずしも様式にはなくて、じつに人生観にあった。すなわち、狂歌の歴史では、天明狂歌はその人生観に於て古今に孤立していることになる。

朱楽菅江はその著狂歌大体の中に前代の狂歌を評していう。

○暁月坊より後、建仁寺雄長老、八幡豊蔵坊信海《ほうぞうぼうしんかい》、この道の好士とす。また貞徳未得入安が徒このみて狂歌をよめり。近来鯛屋貞柳《たいやていりゆう》（油煙斎《ゆえんさい》）半井卜養《なからいぼくよう》などいへるやから、時〻流行の詞をもて蒙昧の耳目を驚かせり。あらぬ風情を求めて歌のさまにかかはらずかる口などいふたぐひにて、野客におもねり笑ひをもとむ。しかるを、当世の児女これを狂歌のさまと心得、まことの狂歌をしらず。あさましきことになん侍る。もとより狂歌は人のわらひをもとむるがつねのことにははべるべけれど、うれしき時もかなしき時も同じ口上はのべがたし。狂歌しやとてわらふ時あればなく時もあるべし。ただよのつねの歌のすがたによりて、ただことの葉にて平懐をのぶるなり。愚問賢注にも、やまと歌から歌にひとし。思てたらざる時は詠歌す。詠歌してたらざる時は手の舞足の踏所をしらずと。狂歌もまたひとしかるべし。

それ相応に此利の外に出べからず。
○松永貞徳（長頭丸）この道の好士にて侍るを、やがて俳諧連歌といふことをはじめたり。しかるを今人俳諧は俳諧連歌のこととのみ覚えたり。狂歌は歌の俳諧なり。今いふ俳諧は連歌の俳諧なり。（ちなみに、狂歌大体は刊本写本ともにおこなわれているが内容に異同がある。右は天保己亥春三開板の刊本に拠る。）

菅江はその歌学と幻術とをもって天明ぶり無双の作者であったのだから、おのずから前代の貞柳卜養の徒を低く見て、かかる見識を示したのだろう。しかし、天明の作者のことごとくが菅江ではない。万載狂歌集にもなお歌屑はあり、集中の歌みな技術的に貞柳卜養の上にありとも断じがたい。断ずることができるのは、作者の精神の位置の相違である。たとえば、貞柳（享保十九年没享年八十二）は大坂の鯛屋山城掾《やましろじょう》という菓子屋であったとともに油煙斎と号する狂歌師であったが、この菓子屋と狂歌師とは当人の生活意識に於て分離されたものではなかったようである。油煙斎という号は決して世をしのぶ仮の名ではなかった。それは菓子屋の屋号と同様におおっぴらになにかの名簿に登録されるべき性質のものであった。貞柳にとって、狂歌をつくる生活と菓子をつくる生活とのあいだに、いかなる次元のちがいがあったか。狂歌と菓子とはおなじ生活上の仕事であって、この二枚看板のもとに貞柳の全人格があったと見られる。狂歌はついに貞柳個人の手仕事の域を出ない。すなわち、ここでは狂歌師の幸福も菓子屋の幸福も一つ釜でまかなわれていたということになる。この生活は中途半端にふざけたものである。またこのあそびは存外律気なものである。厳密には、これを狂歌師と呼べるかどうか。というのは、人生観上に於て、狂歌師は菓子屋の店から出たさきに存在を見つけるはずのものだからである。すべての菓子屋が凡俗であるかどうか知らない。そういっても、狂歌師は菓子屋を切断することに於てすべての凡俗を否定するだろう。天明狂歌はそもそも凡俗否定という極から発した精神の運動であった。そして、その運動の実現したところは、基本的には生活の場であった。菅江の目からは、貞柳卜養の徒は俗物に見えたにちがいない。

天明狂歌のかぎりでは、「狂歌は歌の俳諧なり」という菅江の陳述は絶対に正しい。この陳述には、生活の俳諧化という具体的操作が必至に対応している。俳諧化とは、一般に固定した形式を柔軟にほぐすことをいう。これをほぐすためには、精神は位置から運動のほうに乗り出さなくてはならない。ことばの操作についていえば、表現上の規定の中に流行を導入するために、雅言に俚言をまじえることは苦しからず。ただ技術的に重要なことは、昨日のことばに生命をあたえるように、また今日のことばに我儘《わがまま》をゆるさないように、雅言と俚言との緊張関係の上にあたらしい表現法を発見するということである。狂歌といえども、ことばとしての品位をうしなってはならない。しかし、品位に気をつかいすぎると、狂歌はともすれば本歌のできそこないになりたがる。最高の歌格に於て、よく狂歌の体をえて、新風の美を打出する。朱楽菅江という歌学者の著眼はかならずやここにあった。この著眼を生活のほうに移したとき、大明の狂歌作者はいかなる人生の因縁に逢著したか。凡俗否定という極から発しても、俳諧化という操作はかならず俗に入るものである。このとき、新風の美を高きにもとめるとは、俗中につとめて美的生活の場を設定するという趣向になる。たとえば前述の百物語の夜にしても、そこにあつまった人間のバケモノどもはその身分に於て武家もあり町人もあり、その職業に於て宿屋、汁粉屋、たばこ屋、袋物屋、差配などさまざまであり、またその学識に於て和学、漢学、もしくは無学とわかれてはいるが、すくなくともこの場所と時間とのかぎりでは、みないかなる差別も無く、個性も無きにひとしい一つの人格であった。百物語という虚構を核として、俗中また格別の生活が仕掛けられる。そして、その生活の性格がそこに参加するひとびとに於て一様の人格となっているようなけしきである。この人格もやっぱり虚構のものにちがいない。かくのごとき虚構の人格の名を、狂歌師と呼ぶ。

天明の狂歌師とは、みずから個性を脱却したこの詩的世界の住民の総称であった。したがって、天明に謂うところの狂名は、前代とも後代ともちがって、個人の身に即した雅号のたぐいには似ない。何の名でもよし、無名であってもよい。その真の意味は読人不知《しらず》ということであった。というのは、狂歌は仕事ではなくて、運動の方法であったからである。狂歌の歴史を説くひとは後鳥羽院のときの柿本栗本《かきのもとくりのもと》のことをいう。柿本はよのつねの歌、これを有心と名づく。栗本は狂歌、これを無心という とある。後世の狂歌師はその文学もしくは商売の系譜に於てかの無心座の市井に落ちた末孫のようではあるが、天明の青春はすべての系譜と決裂したところに狂歌を方法とする美的生活の血路をひらいた。これは商売になるはなしではない。その代りに、和朝の文学史にあって、前後に類型を見ない奇怪なる芸術運動が突発している。すでに狂名が無名にひとしいとすれば、この美的生活の形態は仮の世のすがたなのかも知れない。あそびというか。そういっても、この仮の世のすがたには青春の幸福がそっくり賭けられている。この賭は狂気のしわざか、達観のはたらきか。狂気と達観とに係らず、生活と文学とを一本に通して、俗中に於けるこの虚構の世界よりほかに幸福をまかなう道は無いという存外強烈なる人生観がここにある。「狂歌しやとてわらふ時あればなく時もあるべし。」とすでに菅江がいっている。狂歌師のあそび、たのしきか、かなしきか。天明狂歌とは、けだし happy few の運動であった。その末流には俗物の屑もまじっていたことだろう。この運動はそれらの屑の値を零と置いてしまうような仕掛になっている。すべての賢愚をともにひきいて、虚構を実在にもちこむという非凡の力量をあらわしたのは、四方赤良、朱楽菅江という二箇の達人の大神通に依るものと見るほかない。ひとはげんにどこの人別帳にも無い狂歌師という荒唐無稽の身分が俗悪繁昌の世間のまん中に創立されるのを見た。これはあきらかに天明の発明であった。

（ちなみに、寛政十二年菅江死去ののち、その追善狂歌集小夜しぐれの扉に、蜀山はこのよき友を悼む歌を載せている。月花にまた執著の心あらばふたたび口をあけら菅江。これは周知の菅江の辞世、執著の心や娑婆に残るらむ吉野の桜更科の月とあるのに、生死をへだてて応酬したものである。この無用の事を幸便にここに記しておくのは、右の蜀山の歌が坊間に不束ないいまわしをもって誤伝されているのを見るからである。ただし、かの小夜しぐれという本は、わたしは先年の猛火のためにこれをうしなって、今は手もとに無い。）

江戸の学者文人はときに和漢駢事《へんじ》ということをこころみている。和漢の史を按じて、事の相似たるものを採って、これを対置する。けだし文房の余興である。今天明の狂歌運動に対して、もし西欧近世の文学史に事の相似たるものをさがすとすればなにか。へたの考である。

そういうものは無いにきまっている。そういうことを考えるのは、今日に狂歌のはなしをすることよりもさらに無用の事だろう。夢を説くならば、かならず明日の夢を説かなくてはならない。しかし、あらゆる論理に反して、わたしはここに十九世紀フランスのサンボリスム運動のことをおもう。

○われわれはこういうパラドックスに達する。審美論ではかたがつかないような美学史上の事件。かれら（サンボリスト）の集団の秘密は他のところにさがさなくてはならない。わたしは仮説を立てる。すなわち、われわれの各種各様のサンボリストはある否定に依って結合されていたものであって、この否定はかれらの気質にも創造機能にも従属しなかったものとする。かれらに共通のものはただ一つの否定。そして、それはかれらのめいめいに於て本質的に歴然としている。かれらのあいだにいかなる相違があったにしても、かれらはみな一様に当時の作者芸術家の他のものから分離していたことをみとめていた。かれらがいかに相違し、たがいに対立しても、またときにはいかに烈しく異端と呼びあい、つよいことばを投げあい、証を立てるまでに至っても、しかしかれらは一点に於て一致していた。――一点とはさきに述べたように美学にはエトランジェであったということである。かれらは多数投票の抛棄という共通の決意に於て一致していた。かれらは公衆の征服を軽蔑する。そして、かれらは読者の量を取りこむことをきっぱり刎ねつけるのみならず（ここのところがかれらとレアリストとちがう。レアリストは大印刷部数をよろこび、統計上の栄誉を好み、ついに売上噸《トン》数に依って価値を量るに至った）、なおまた毅然としてもっともすぐれたる階級に影響力をもつところの人物もしくは人物群の判断を拒否する。かれらはもっとも勢力ある文芸欄に拠るところの批評家の判決と嘲弄《ちょうろう》とをバカにして笑う。かれらはサルセエ、フウキエ、ブリュヌティエール、ルメートル、アナトール・フランスをののしる……そして、かれらはまた公衆の恩恵の利益をしりぞけ、名誉をないがしろにするが、反対にかれらの殉教者でもあり美徳の模範でもあるところの、かれらの聖者と英雄とを称揚する。かれらの讃《ほ》めるひとびとはみな苦しんだひとびとであった。エドガー・ポオは極度の窮迫に死し、ボードレールは追跡され、ウァグネルはオペラで口笛をふかれ、ヴェルレーヌとランボオとは浮浪者かつ嫌疑者であり、マラルメは下廻りの雑報記者にすらあなどられ、ヴィリエは屋根裏の床に臥して、かたわらにはただかれの原稾《げんこう》とかれのシープルおよびエルサレム王国に於ける称号とを納めた小さい鞄があった。（ポール・ヴァレリイ「サンボリスムの実在」）

サンボリスム運動のことをいうのは、そこに天明の狂歌運動と相似たるものをさがすためではなく、逆に相似ざるものを見るためである。十九世紀末期のフランスにおこったこの運動について、サンボリスムということばの意味は茫漠としている。このことばに引っかかると、淵に呑まれるだろう。サンボリストの作品はそれぞれ性質を異にし、おのおの方法を別にするということは、なにもヴァレリイの活眼に俟《ま》つまでもなく、すでに他の文学史家の説くところであった。かれらはなにに於て一致するのか。「いや、しかし、そこには何物かがある。」とヴァレリイはいう。その何物かはかれらの芸術の性格の中には無い。「サンボリスト美学というものは無い。」そして前掲の文中に示されるように、ヴァレリイは「ただ一つの否定」に於て、「多数投票の抛棄という共通の決意」に於てサンボリストの一致を見とどけている。この一点に於て一致したサンボリストは、みずから外部の什掛と手を切った代りに、かれらの雑誌、かれらの出版、かれらの内部批評をもった。ヴァレリイはこれを「価値の秩序に於ける一種の革命」と呼ぶ。この革命はあたらしい精神のメカニスムに参加するところのあたらしい公衆をつくった。サンボリストが書くのは「既存の願望もしくは要求を満足させるためではなくて、この願望この要求をつくるという目あてのため」であった。これらの選ばれたる芸術家はみずから発明した生活の仕方に於て happy few にちがいない。しかし、その生活条件は決して地上の幸福をまかなうものではなかった。反対に、みずから拒否した外部の仕掛との関係に於て、つねに迫害される芸術家の運命をここに見る。すなわち、サンボリストはみな美学にはエトランジェであるような人生の苦行者であった。それゆえに、かれらはいまだ知られざる美を打出して、あたらしい公衆の目をひらかしめている。サンボリストの作品に対する非難はいつまでも跡を絶たない。曰く、晦渋。曰く、きどり。曰く、乾燥。いかなる迫害にも係らず、またすべての非難に反して、これらの著作は一九〇〇年以降今日に至るまでますます広く読まれて版をかさねている。これは明白なる歴史的事実である。すなわち、今日に支配するものに絶えず抵抗するところの芸術家の結合が社会的にその意味と位置とを発見したということにほかならない。

天明狂歌にあって、凡俗否定の精神を運動の極に配置したところは、いささかサンボリスム運動の状況に似るかも知れない。後世の批評家の目からは、この狂歌師の姿勢はおそらく「きどり」préciosité のように見えるだろう。それならば、サンボリストが敵の非難に酬いたことばをそっくり取って、狂歌師はこう答えればよい。「きどりの反対は下劣だ」と。たしかに、天明狂歌の場に置かれては、末流の俗物作者といえども下劣のようには見えない。ただし、俗物をすら précieux に変貌させたのは、精神の作用よりも、むしろ方法の効果であったと考えるべきだろう。天明狂歌の方法の何たるかは、もう一度朱楽菅江の著眼の跡をかえりみればよい。それは歌の秩序に於ける一種の革命であった。この革命的方法に於て、天明の狂歌師はその身分職業の別にも係らず完全に一致した。このところは、方法に於て決して一致しなかったサンボリスムの事情と完全に相違している。そして、相違はそれのみではない。いうまでもないことだが、マラルメを感動させたウァグネルの音楽と、蜀山が好んだ河東節《かとうぶし》とでは、いかにせん、千里の差である。その差はまず生活にあらわれる。ウァグネルの音楽は精神にひびいて生活全体をうごかしたはずだが、河東節は心情にうったえて生活の雰囲気をつくったにとどまるだろう。ただこの雰囲気を美的生活の縄張に変えたのは、蜀山の幻術の妙にちがいない。ここにきずかれた生活の形態は、わたしがすでに他の場所で述べたように、おそらく明清の詩人の美的生活の摸倣であった。というのは、天明の狂歌師はまたかれらなりの市井の間に生活美学を発明するに至ったからである。かれらは美学にエトランジェではなかった。ここもまたサンボリストの生活とはちがうところである。したがって、サンボリストに共通のただ一つの否定ほどに強烈な否定は、天明には見られぬものである。いずれが粋か野暮かを知らない。凡俗否定を極に配置しても、また著意して外部の仕掛と絶縁したにしても、美的生活が設定されたところはその否定したばかりの凡俗のまん中であった。俗中に別世界の地歩を占めた狂歌師はたしかにレアリストではなかったのだから、すべての外部の「批評家の判決と嘲弄」とを笑って、「統計上の栄誉」をもとめることはしなかったのであろうが、かならずしもことさらに「公衆の恩恵の利益」をしりぞけてはいない。すくなくとも、天明狂歌は後世の大学校の文学講座から締め出されたようには、当時の公衆から孤立してはいなかった。たとえば狂歌の百物語という虚構の饗宴には、地上の幸福という料理の大皿が振舞われて、めいめいがそれを小皿にとりわけて食っていたようなけしきである。ただその料理の中みの貧富いずれなるやを知らない。この秘められたる饗宴が刊本をもって公開されたとき、それは外部の公衆にむかって幕をあけて見せた舞台に似る。江戸の公衆はどうも口笛はふかなかったようである。その舞台に示された人生観は、新作の趣向として喝采されたのかも知れない。このとき、狂歌師の側についていえば、凡俗否定の精神、たちまち手をひるがえしてサーヴィスの精神となる。この二面の精神を一つに引受けたのは、おそらく当の狂歌師の「気質」である。狂歌師とて「なく時もあり」としても、この気質は人生の苦患よりも多く幸福のほうに向くだろう。天明の狂歌師の中にボードレール、ランボオのように「苦しんだひとびと」が見つからないのはわかりきったことである。苦しみとはなにか。生活の基本としての労働の性格ではないか。サンボリストはその芸術の世界に於て労働する生活者であった。そして、その生活全体は運動に賭けられていた。狂歌師という架空の人格は俗中に透明のものであって、そこにはたらくエネルギーが見えない。すなわち、労働が見えない。わたしはそれがいけないなんぞと野暮をいっているのではない。ただサンボリストと狂歌師と、生活の基本に於てすでにこれだけの相違があると、運動のさきに行っていかなる相違を見ることになるか。

ヴァレリイはサンボリスムの実在を論じて、今日に支配するものにもっともつよく対立する精神をそこに見て、最後にこういう。「かつて象牙の塔はこれほど高く見えたことはなかった。」象牙の塔。古色蒼然たる死語である。かつてこの死語は十分に嘲弄された。わたしにしても、こういうキザな文句は鼻もちがならない。せっかくヴァレリイが使っているので、いくらかこれをふりかえって見るようなきもちになったくらいである。なるほど、わたしの好まざるこの死語にも歴史的意味はある。おもえば、象牙にしろ真珠にしろ、芸術の歴史に一基の塔を建てたものはサンボリストの労働力であった。そこには芸術家の位置のエネルギーが秘められていたはずである。塔が崩れたのち、なにが残ったか。なにも残らぬというか。いや、われわれは刮目してそこに階級としての芸術家の結合ができあがっているのを見なくてはならない。近世における芸術家のエネルギーの運動の跡を時間的にさかのぼって、その源頭に達すると、可憐なる婦女子のわずかに觴《さかずき》をうかべるに堪えるほどの、なんとかの塔という細流をさぐりあてる。けだし、珉江楚に入って大海となるのたぐいか。つねに迫害とたたかう芸術家という階級は、今日なお依然として美学にはエトランジェであり、それゆえにその運動は絶えず美をつくる。かつての happy few は今日の階級として、「価値の秩序に於ける一種の革命」は文明の領域にくりかえされる。すなわち、たたかう階級としての芸術家のみが人間のあたらしい願望をつくる。そのほかに今日もはや芸術家というものは考えられない。むかし天明の happy few がくわだてた狂歌運動も、また美的生活にささやかな願望をつくったものではあったのだろうが、かれらの創立した狂歌師という荒唐無稽の身分はやがて階級として運動すべき芸術家の結合の核となるには至らなかった。当然のことである。すぐ消えるものが狂歌師であった。消えそこなったやつは商売人に堕落したということであった。かつての達人の幻術、かえりみれば遠い花火である。そういっても、この仕掛花火の中に芸術家がひそんでいなかったというのではない。それらの少数の死せる芸術家のたましいは今日の階級のどこかに再生しているのかも知れない。

アルマン・ホーグ Armand Hoog はその著「シレジイの文学」の中にアポリネールを論じてこういう。

○「アルコール」の最初の詩句から漠然たる倦怠がなげいている。「ついにおまえはこのむかしの世の中にうんざりする。」そう、あまりにむかしの。「ここでは自動車さえもむかしふうの様子をしている。」詩人の苦悩の最初の理由。ひとは詩人の潑剌たる反撥の中にこの嘔吐とこの食慾とを発見する。すべての貨幣が古い世の中では、何なりともあたらしい音がするものを見つけること。爾来、ウソよりほかに青春の回復はおそらく無い。悪魔よりほかに神もまたおそらく。神はあまりに老いている。真理はあまりに長いあいだつづいている。

○ウソのことばはより新鮮である。アポリネールのくわだては世の中の裏側をつかまえることにあるだろう。というのは、この側はすくなくとも未刊だからである。

天明の達人の幻術は、また「アルコール」の詩人の苦悩のくわだてに通ずるかどうか。赤良菅江のともがらが歌の秩序に於てくわだてた一種の革命は、おそらく生活の秩序への倦怠に対応するものだろう。そうとすれば、狂歌師の粋な反撥の中にも、なおちとの嘔吐と食慾とが発見されるかも知れない。たしかに、天明狂歌はそのウソの効果に於て歌の場よりもむしろ生活の場にあたらしい貨幣の音をひびかせたようである。それにしても、狂歌の百物語という趣向は、青春のあそびとして、どうも messe noire に似る。これはいかなる魔の祭か。狂歌百鬼夜狂一冊、これ魔法の書か、ウソツキの書か、幸福の書か。ただわたしの目前には、よく歴史的時間をくぐり抜けて来たところの、一冊のうすっぺらな古本が残っているだけである。

（「文學界」一九五二年十月号）

石濤

釈道済《しゃくどうせい》、字石濤《せきとう》、大滌子《だいてきし》と号し、また清湘《せいしょう》老人、瞎尊者《かつそんじゃ》、苦瓜和尚《くかおしょう》と号した。清初の人、勝国楚藩の後とあるから明の右族の出である。わたしは石濤をくわしく伝したもののあるかどうかを知らない。しかし、明清の間、国朝の興亡を踏まえながら、山沢にあそび、揚州あたりにぶらぶらして、もとより画を善くし詩を善くして、また累石に巧みで、その伴とするところは木精石怪であったということを知れば、そのひととなりを想見するために、かならずしも伝のくわしきものを要せない。清初の芸林もっともバケモノに富む中に、石濤の画、金冬心《きんとうしん》の書、けだし近世の双絶である。石濤が山中の破廟に深夜ひとりでいるところに、忽然として異形のもの、手を出し面を出しはしたが、和尚の一拶に会ってたちまちすがたを消した。あくる日、道のほとりに出て見ると、前夜のバケモノの口に押しこんでやった炭が柏の大樹の枝に置いてあったとか、またはバケモノのてのひらに書いてやった花という字が傘ほどに大きいキノコにしるされていたとかいう。こういうはなしは神仙伝中のいかなる人物に帰属させてもさしつかえないが、それが石濤ならばなおぴったりする。霊異は草木よりも人間にあった。このような人間が相手では、自然のほうでも化けて出るほかあるまい。後人がこの傑物の描いた画の世界にちかづこうとするのに、腕時計の針なんぞを気にしていたのでは、山中の道に迷って、その見るところの何たるかをさとらないだろう。というのは、これほど自然と昵懇にしている生活は時間的には永遠と関係するものだからである。

某家十襲の石濤和尚画冊一帖、また天地山川の奇観を収めている。林泉の中に巨巌がそびえ、巌窟の中にまた闊然として林泉がひらける。そして、画幅の天の窮まろうとするところ、雲烟のかなたに、にわかにさざ波が立ったように、小さい人家の屋根のつらなるのを見る。いかに筆力がありあまっても、そこが画面の涯である。芸術家が万里の山川を踏みわたるのに、かならずしも大道に拠らない。気がむけば横町にもまがるだろう。野の末、谷の奥、流のみなもとにも分け入るだろう。霞の山を越えれば、またひょっくり人里に出ても不思議は無い。まだ百里ぐらいはあるくつもりでも、そこで日がくれれば泊ることにもなるだろう。画面の隅から隅まで描きつくす所以である。せっかく詩をつくったのに、もはやそれを題する余白の無いのが残念かも知れない。万巻の書を読み万里の道を行く。このエネルギーの運動の途中で見つけられたものが著著と画筆に吸いこまれて行くと、かくのごとき自然の形相が必至に発明されてしまう。画は昨日もあった。今日はこれにとどめる。それがまた明日にもあるべきことは自然とともにきわまらない。芸術家の生活はつとにそこに賭けられている。石濤が好んで巌石を描くのを見るにつけて、このひとの累石に巧みであったということをおもいあわせるのは、かならずしも恣意の臆測ではあるまい。累石とは、石を積んで巌窟の状をなすことをいう。げんに、石濤のつくるところとして、揚州余氏万石園の名がつたえられている。おもうに、累石の工は園の部分ではなくて、おそらくそれが園の全体であるような造営なのだろう。庭をつくるのに石をもちいるのは尋常のことである。しかし、奇巌重畳、木竹を擁するものをきずきあげて、そこがすなわち園だという造り方は唐山の発明にちがいない。古来唐山には巌穴の思想ともいうべきものがある。石中に人あり、巌穴の中に高士あり、高士の生活するところは別天地である。地上に於ける生活の意味に格別なものがあれば、山川草木もまたしたがって容をあらためざることをえない。これをもってすぐに政治地図への抵抗と解するのは性急な後人の解の行きすぎだろうが、ただ明清の間、石濤が生を託すべき地を木石に見つけたことは事実のようである。いや、明清の間でなくても、唐山にはかくのごとき生活の歴史があり、ときにその絶えたるを継ぐような人間があらわれている。こういう人間のことを、神仙という。神仙伝を虚構だとかんがえるよりも、それが真実だとかんがえたほうが人間の生活を充実させる所以にほかならない。石濤画中の奇巌は、かならずやこの人物が生活の場に於て実際にうごかしうべき巨石のすがたに対応しているのだろう。このとき、神仙を論ずれば、釈道済はまさにそのひとである。釈か、釈か。まあ途方も無いべらぼうなくそ坊主がいたものだとおもっておけばよい。巨石大木をうごかしてこれを画筆にまで載せるほどの神通力はとても尋常隠逸者流のよくするところではない。絵空事のようでもあり、また絵空事ではないようでもあり、虚実を通じて人間のエネルギーの具象的に運動するところに、木石もまた化けて出て来ることになる。

画の系譜からいえば、石濤は遠く元の黄鶴山樵王蒙《こうかくさんしょうおうもう》の筆意を承《う》けているのだそうである。それはさしあたり問わない。木精石怪、よく面目をあらわすに至るものは、石濤の生活上の発見に係る。石濤の生活が自然をかくのごとく経験し、かくのごとく表現する。木石はそれが化けて出るべき位置に於てしっかりつかまえられている。この手の力はすなわち精神の力にほかならない。気運生動とはこのことだろう。この精神と生活との完全な一致は、画に於てゆるぎのない形式を取る。石濤という存在が木石に化けてしまったようである。そして、木石とはこういうものだと極めをつけられたようである。一木一石、みな神仙の仮のすがたなのかも知れない。やっかいな画である。この画から、ひとはいかなる芸術論いかなる人生観を引き出すつもりか。ここにこういう人間の生活があり、こういう自然の意味があるということに尽きる。いや、それゆえに、人間精神のいとなみは自然とともに尽きない。

石濤とおなじころに、八大山人《はちだいさんじん》がいる。石濤の画はこの老年の友の画には似ない。八大山人の画にあって、謂うところの笑うがごとく哭《こく》するがごときものは、あるいは人生観上の苦観に立っているのかも知れない。苦観から自然のほうに行こうとする努力を見るようである。この努力はひとをかなしませる。石濤の画にあふれる豊饒は決してひとをかなしませない。自然の調和に於て、エネルギーが集中しているようなけしきである。しかし自然の調和ほど、人間精神をその位置に於て動揺させるものは無い。

（「草月」第三号・一九五二年一月）

すだれ越し

ひとりの少女が直撃弾にうたれて路上に死んだ。そういう死体は、いや、はなしのたねは、いくさのあいだ、空襲のサイレンが巷に鳴りわたったあとには、おそらく至るところにころがっていたのだから、その場所が山の手の某アパートのまえであろうと、他のどこであろうと、後日の語りぐさになるようなことではない。しかし、わたしはこの小さい事件をおぼえている。というのは、当時わたしはそこのアパートの一室にひとりでくらしていて、少女もまたおなじ屋根の下の、となりの室に、これもひとりで住んでいたからである。そして、少女のたおれたところは、わたしの室の窓からすだれ越しに見える鋪道の上であった。

そういっても、わたしはかねて少女と口をきくどころか、顔すらろくに見たことがなかった。関係といえば、ただ壁をへだてて声を聞いただけであった。毎朝、わたしはサイレンの吠える声に依ってたたきおこされないときには、少女の歌う声に依ってうとうとと目をさますというたのしい習慣をあたえられた。歌はシャンソンであった。そして、その歌の音色が青春を告げていた。それはいつ炎に燃えるとも知れぬ古い軒さきに、たまたまわたしの束の間の安息のために、カナリヤの籠が一つさげられたというに似ていた。しかし、あわれなカナリヤもまた雷にうたれた。その日わたしはアパートを留守にしていたので、かえって来て窓の外を見たときには、少女の死体はすでにどこやらにはこばれて、道は晩春の月の光に濡れていた。昭和二十年四月某日の夜のことである。

となりの室の歌声が絶えたあとに、アパートでは当分少女のうわさが尾を曳いた。ひとが室内をしらべてみると、二万円の現金とおびただしいタバコの量とが発見されたという。そして、ときどき少女をたずねて来た中年の紳士がその後ぷっつりすがたをあらわさないという。うわさにはさまざまの解釈が附せられた。しかし、わたしにとっては、解釈はもとより、うわさも不要であった。ただ朝の軒さきにカナリヤのうしなわれたことが不吉の前兆のようにちょっと気になったが、それもじきにわすれた。おもえば、わたしは当時すべての見るもの聞くものとすだれ越しの交渉しかもたないようであった。実際に、わたしの室の窓には一枚の朽ちたすだれがぶらさがっていて、それがやぶれながらに、四季を通じて、晴曇にも風雨にも、ともかく時間に堪えつづけていた。

越えて五月、その二十五日の夕方、Aという友だちが塩豚をみやげにもってたずねて来た。ちょうど、わたしのところにちとの酒とちとの野菜とがあった。たちまち饗宴がひらかれた。当日は晴天であり、巷のけしきは平穏に見えた。そして、塩豚のスープは極上であった。われわれは上機嫌で、いずれ焼けるかも知れないがなんぞと、まだ焼けていない現在をはかなくも恃《たの》んで、すだれからすかして見た外の世界の悪口をいって笑った。やがて酒が尽きると、笑もにがく、巷もすでに暗く、家の遠いAはいそいでかえって行き、わたしはごろりと寝た。サイレンの音にねむりがやぶれたのは、それから三時間ほどのちであった。おきて出ると、まぢかの空があかあかあかと燃えあがって、火の子が頭上にふりかかった。猛火は前後から迫って、すなわち窓のすだれを焼いた。すだれのみならず、室内のすべて、アパートのすべて、いや、東京の町のすべてが一夜に焼けおちた。わたしはどうやら路上の死体になることはまぬがれたが、そのときわたしのポケットには百円ぐらいの現金と五本ぐらいのタバコしか残っていなかった。

その後、わたしはわたしの室の焼跡をただの一度も見に行ったことはない。しかるに、猛火の夜のあくる日、これは災厄に遭わずじまいのAがわざわざわたしのいない焼跡を見舞ってくれたそうである。後日に、そのAのはなしに依ると、もとわたしの室のあったところに、そこのいぶりくさい地べたの上に、焦げた紙きれが一枚落ちていたので、ひろいとって見ると、それは古今集の一ひらであったという。わたしのもっていた古本の山がぞっくり灰になったあとに、どうすれば古今集の一ひらだけが焼けのこったのか。合理主義繁昌の常識からいえば、これははなしができすぎていて、ウソのようにしかおもわれないだろう。しかし、決して非常識ではないAがこういうことでウソをつくとは絶対におもわれない。人生の真実のために、このはなしはウソではないと信じておかなくてはならぬ。

そのときから十年をへた今日に至るまで、わたしは窓にすだれがぶらさがっているような室に二度と住んだことがない。またその当時にしても、毎日すだれを意識しながらくらしていたわけでもない。それに気がついたのは、いくさがおわってから年を越したつぎの春であった。

ある日わたしは旅に出て、あたりに田圃を見わたす座敷でどぶろくをのんでいた。すっぱいどぶろくであった。座敷は障子をあけはなしてあったが、片側が窓で、そこにすだれがさがっていた。煤けた古すだれで、いくさのあいだから長らくそこにそうなっていたのが、たれの気にもとめられずに、ついうち捨てられたままのふぜいと見えた。あついという日ざしでもないのに、すだれは風をさえぎって、うっとうしくおもわれた。窓のそばに寄って巻きあげようとすると、古すだれはあわや切れて落ちそうで、黒ずむまでにつもった塵は手をふれることを禁じていた。それはあたかもわたしの室の焼けたすだれがここにそっくり移されて来たようであった。そのとき、すだれの向うに、花の色のただようのが目にしみた。藤であった。窓の外に藤棚があり、花はさかりであった。

庭に出て、そこにまわって行くと、座敷は中二階のようなつくりになっていたので、窓の下と見えた藤棚はおもったよりも高く、手をのばすと、指さきは垂れさがった花の房を掠めようとして、それまでにはとどかなかった。わたしは悪癖のへたな狂歌をつくった。

むらさきの袂つれなくふりあげて引手にのらぬ棚の藤浪

わたしが花を垣間見るのはいつもすだれ越しであり、そしていつもそこには手がとどかないような廻合《めぐりあわ》せになっているらしい。

（「新潮」一九五五年八月号）

京伝頓死

週刊新潮に掲示板という親切な欄がある。家さがし、犬さがし、猫さがし、また本さがし、よろず相談、およそさがしものと名がつけば、すなわちこれを掲示し、これに応ずるひとを天下にもとめるという窓口をひらいて、申込者である今日流行の文化人もしくは芸能人諸君の便宜をはかっている。わたしはふつつかにして文化人とか芸能人とかジンをもって呼ばれる筋合のものではないが、かりにこの掲示板になにかを寄せるとしたらば、さしあたりつぎのことを書く。

——大田南畝自筆稾本《こうほん》、丙子掌記《へいししょうき》というものあり。小生その下を蔵す。すでに下あり。かならずや上（あるいは上中）あるべし。しかれども、これおそらく佚本《いっぽん》か、今その在るところを知らず。もし右稾本の前巻御所持の方あらば、さいわいに教示を賜え。またもし小生に譲渡を許さるるものならば、さらに幸甚。

わたしはこれをあやうく週刊新潮の掲示板に出そうとして、たちまちおもいとまった。というのは、第一にかくのごとき掲示は出さぬものだからである。また第二に出してもむだと見越されるからである。およそ古本らしい古本をさがそうという料簡のひとは、かならず他人に知れないようにさがさなくてはならない。おおっぴらに声をかけたのでは、本は深窓のきむすめのようにはにかんで、なかなか顔を出してくれない。かりに右の上巻をもっているひとがあって、下巻をもとむという掲示を出したとすれば、わたしはどうするか。どうもこうもない。おい、その上巻をこっちによこせ。わたしは大川端のお坊吉三のセリフのようにそういうだろう。その本をもっているひとは、見つかったのが百年目とあきらめて、足もとのあかるいうちに、はやくそれをわたしの手にさし出さなければならない。そして、わたしは逆にその手を食うことを好まない。けだし、これ人情の自然である。掲示を出してなにかをもとめるのは、自分の手のうちをひろげて見せながら、他人のふところをねらうようなものではないか。虚をつかれるのは、どちらか。痛しかゆしである。君子はこれを避ける。すくなくとも、古本さがしに掲示は禁物である。隠忍自重して、いつかさがしものが向うからふところにころがりこんで来るのを待つに如かない。かの天命に、わたしはしたがう。しかし、ここにこう書いたことに依って、右の古本がころがりこんで来るようなことになったとすれば、すこしは天命にさからっても、わたしはあえてこれを避けない。

そういっても、たかが古本である。もとより十襲してこれを秘するほどのものではない。わたしがこのことをここに書くのは、古本さがしではなくて、山東京伝の最期の状をつたえるためである。

丙子掌記下一冊。文化十三年丙子閏八月初四より起って歳暮に至るまでの雑記である。杏花園雑纂のおもむき、ごたごたすること例のごとく、ここにその体裁と内容とを詳説しない。ただ用いるところの罫紙のハシラに、文化壬申新鐫《しんせん》、大田氏蔵板としてある。壬申は文化九年。この年南畝はあたらしい罫紙を刷らせたとみえる。

この掌記の中に、九月七日（文化十三年）の暁、醒〻老人山東京伝頓滅、翌八日本所廻向《えこう》院《いん》無縁寺に葬るよしを記している。行年五十六。法号は智嶽恵海、のち弁誉智海京伝信士とあらためたという。ただし「廻向院卯塔に、岩瀬氏之墓（オソラクと脱字カ）ありて、岩瀬伝左衛門、男伝蔵とゐりてあり」と附記してある。ちなみに、南畝ときに六十八歳。

このあとに、つぎの記述がある。

「六日の夜、弟（立売）京山のやどに、狂歌堂真顔、北静廬などともに円居して、物くいなどし、子の刻すぐるまで物語せしが、狂歌堂は久しくやめるのちなれば、竹輿にのりて帰り、京伝は静廬とともに家に帰る道すがら、心地あしければ下駄ぬぎてゆかんといふにまかせて、静廬かた手にその下駄をもち、京伝を肩にかかへて帰りしが、わづかの道に三たびばかりもやすみ、やうやうやどに帰りて、なやみつよく、つゐに丑の刻半すぐる頃に息たえぬ。脚気衝心とかやいふ病なるべしと、静廬ものがたりしを、八日に廻向院にてきけり。」

京伝は真夜中にはだしで京橋をわたって、ついでに三途の川までわたって行ったようである。あわれむべし、これが一生の半分を吉原でくらしたところの、洒落本の名人の最期であった。この真夜中まで附合った神明の屋根屋のことは、今さら解説におよぶまい。

またこのあとに、南畝はそのころ手もとに蔵した京伝著作の書目を掲げている。煩をきらって仔細にうつさないが、すべて二十二部、いずれも天明から寛政のはじめにかけて刊行された洒落本のたぐいのみである。寛政の改革のとき、京伝が黄表紙洒落本に筆を絶って、それ以後よんどころなく書いた読本《よみほん》については、南畝は一冊の目すらあげていない。けだし見識か。なおここには随筆の書目は出ていないが、骨董集に杏園主人序を寄せたくらいだから、これを見ていないはずはない。

またこのあと、南畝はこう記している。

「京伝天明二年壬寅の春はじめて青本絵草紙の作あり。手前勝手御存商売物といふ。予此年の稗史《はいし》評判岡目八目をあらはして、大上上吉惣巻軸とせり。（中略）此時はじめて京伝といふ名を覚えし也。」

南畝が岡目八目に於て京伝を推奨したことは、つとに世に知れわたっている。ただその手記にこの一条あることを珍重とする。天明二年壬寅の春はすなわち謂うところの「しやんと小褄《こづま》を寅の春」である。ときに南畝三十四歳、京伝二十二歳。「此年の稗史」の作者には朋《ほう》誠堂喜三二《せいどうきさんじ》、恋川春町《こいかわはるまち》はじめ十六人の名があげられるが、中について二十二歳の若輩のわざくれを大上上吉に抜いて、評判記の惣巻軸に据えたのは、南畝すなわち当時の四方山人の活眼といわなくてはならない。こういうことを批評という。御存商売物は京伝の早いころの黄表紙であった。周知のごとく、京伝は当時まだ浮世絵師北尾政演《きたおまさのぶ》と称していたが、ここに南畝の知己をえて、戯作をもって身を立てるこころざしを発したものである。そして、黄表紙洒落本のかぎりでは、江戸の文学はさいわいにこの無双の作者を浮世絵のほうにのがさなかったことになる。

ちなみに、南畝のあらわした戯作評判記はこの天明二年の岡目八目と、そのまえの年、安永十五年辛丑すなわち天明改元の年の菊寿草と、二つである。丙子掌記の中に、京伝の急逝に逢って、しぜん往時をおもい出したものか、「はじめて絵草紙評判をかきしとき」として、筆はこの菊寿草のことにおよんでいるが、そこに「京伝いまだなし」と記してある。

またちなみに、右の記述に依れば、「此年（天明元年）も板元は八軒四十七種百二十八冊也」であったが、その中より菊寿草が「蔦屋の板にて喜三二の作」をとりあげたのを縁に、「蔦屋重三郎、大によろこびて、はじめてわが方に逢ひに来れり」と見える。なお菊寿草の跋、四方山人題の真名の文中に「友人宇鱗氏コレガ批評ヲナス」とあり、「ケダシ稗史ノ月旦アルハ宇鱗氏ヨリ始マル」とあることについて、南畝みずからつぎのごとく注している。

「宇鱗氏と書るは、其頃鱗形屋ありけれど、草双紙はもと鱗形屋をはじめとする故に、宇鱗氏と戯にかける也。」

鱗形屋は書肆の名。宇鱗氏はけだし李于鱗《りうりん》になぞらえたものである。

京伝頓死のおりに、六十八歳の南畝がおのずから手記の中に追憶の情をのべたのは、それだけの浅からぬ因縁があった。戯作の道に於て、後から来るものの中に、南畝がもっとも愛し、もっとも畏れたのは、どうやら京伝ただ一人か。その南畝も、おくれること七年、文政六年七十五歳、道につまずいたのがきっかけに、やがて終焉の床についたという。売文の徒、いずれも畳の上でやすやすと往生はいたしかねる約束と見える。

（「新潮」一九五七年六月号）

六世歌右衛門

高台多悲風。朝日照北林。おみくじの文句ではない。魏の陳思王《ちんしおう》の詩句である。六世歌右衛門のことといえば、わたしはふとこの詩句をおもい出した。楽屋のはなしは知らない。わたしが見たのはもっぱら舞台の上の芸だけである。このひとの身のまわりには荒涼たる風が吹き抜ける。日は照りながら、冬の色と見える。そういっても、この役者はひとり水ぎわ立ってうつくしい。古詩はおみくじの文句でないこともない。

歌舞伎は亡びるか亡びないかという議論ほど空まわりするものはない。歌舞伎というものは今日すでに亡びてしまったものとわたしはこころえている。歌舞伎という演劇信号系がもはや市民の哀歓を載せてはしるために十分な力をもちえないとき、また歌舞伎役者という人間の生活が一般から分離的にいとなまれうるものかどうか判然としないとき、芝居小屋がいかに商店主催の団体客を狩りあつめてみせても、また外国人の観光客が富士とならべて型のごときお世辞をいってくれても、塩にも酒にもならぬはなしである。ただ今日わずかに一人の歌右衛門という女形がいて、そこだけはまだ歌舞伎は亡びていないかのような婉麗《えんれい》な錯覚をあたえる。いいかえれば、歌舞伎はすでに亡びてしまったということの強烈な印象をあたえる。この若い名優をめぐって、舞台にはどこに役者がいるとも見えぬ歌舞伎ショーがながれる。歌舞伎は亡びても、いや、亡びたればこそ、ショーは忘年会の仮装行列のようになががながと繁昌するだろう。歌右衛門はこのショーのながれに堪えて立たなくてはならない。歌右衛門の不幸である。歌右衛門びいきはこの不幸を分担することになる。仇やおろそかなものではない。

むかしから、歌舞伎役者は絶対に名優でなくてはならず、ひいきは絶対に名優に惚れなくてはならぬという約束になっていた。批評というものはその惚れ方の度合にかかった。たれも惚れ手のないような役者は名優ではありえなかった。ところで、女形というものは舞台でなにをする役か。これはどうしても相手の男にぞっこん惚れなくてはならぬ役どころである。すなわち、女形の名優は相手の男役の名優にめぐり逢わなくては舞台に立つ瀬が無い。むかし、先代の歌右衛門という女形は、たとえば賀の祝の八重なんぞに扮したとき、色気たっぷりであった。この色気はどこから出たか。身についたものというか。かならずしも然らず。どうしても惚れずにはいられないような男にめぐり逢ったときにこそ、女の色気はしたたるだろう。あたかもよし、八重が惚れるために、当時の桜丸には羽左衛門という名優がいた。八重が桜丸に惚れたことについて見物はまた完全に納得した。舞台の気合と、見物の納得と、その間に寸分のスキも無かった。羽左衛門のほかにも、このときの役者はたしか仁左衛門の白太夫、八百蔵の梅王、段四郎の松王とそろっていたようにおぼえている。八重はいやでも引立たざることをえない。芝居は極上吉。おもえば、先代は幸運な女形であった。

今の歌右衛門はどうも色気にとぼしいという評をきく。ひいき目に見て、わたしは無理もないようにおもう。この女形をして色気のつぼみをひらかしめるために、桜丸は、源太は、勘平は、与三郎はどこにいるのか。このひとのお軽の道行はたれの手にすがって落ちて行くのだろう。羽左衛門、菊五郎、また清元延寿太夫。すべて去年の雪である。雪の消えたあとはショー。歌右衛門はたれに見しょとて紅かねつけるのか。遠慮なくいうが、この女形はときには惚れたくもない男に惚れたふりをして見せなくてはならぬようなこともありうるだろう。むざんにも、二重の不幸である。ひいきの不幸もまたしたがって二重。ここまで来ると、ひいきは舞台の無理くめんを鑑賞に織りこんで、ひいきであることに堪えなくてはならない。

歌右衛門は現実にあたえられた相手の男役に於て理想の恋人像を見つけるすべを発明するほかあるまい。桜丸の鼻が欠けていてもかまわぬではないか。そこに見つけた鼻に惚れる。それは自分で自分に惚れるという操作にほとんどひとしいにしても、ひいきはその発明を納得する用意がある。うぬぼれ鏡。結構なものである。わたしは皮肉をいっているのではない。この女形はふところからうぬぼれ鏡を離してはならない。おもいあまって月のものでも見るようになればしめたものである。芸をみがけばみがくほど、おそらく不幸の量はますますふえることになるだろう。そして、そのことはまたおそらくこの役者をますますうつくしく仕上げることにもなるだろう。悲劇に似るというか。なにしろ歌舞伎が亡びてしまったのだから、これくらいの悲劇は当然である。人生は一回かぎり。一生悲劇ずくめで芸の貫禄があがったとすれば、栄燿の餅の皮だろう。

一生うぬぼれ鏡をにらみつづけても、ついくさってしまう花もあるかも知れない。歌右衛門はかならずくさらない花を鏡にうつし出すだろう。このとき、この役者の孤独はナルシスになる。歌舞伎が亡びたとしても、それがなにか。最後に一箇のナルシスがのこったとすれば、もって祭壇を、いや、舞台をかざるにたりる。このナルシスは大首絵にして売出してよい。

水仙は見れどもあかぬおもひざし色にこぼるる春と成駒

（講談社版『六世中村歌右衛門』所収・一九五九年九月）

敗荷落日

一箇の老人が死んだ。通念上の詩人らしくもなく、小説家らしくもなく、一般に芸術的らしいと錯覚されるようなすべての雰囲気を絶ちきったところに、老人はただひとり、身辺に書きちらしの反故もとどめず、そういっても貯金通帳をこの世の一大事とにぎりしめて、深夜の古畳の上に血を吐いて死んでいたという。このことはとくに奇とするにたりない。小金をためこんだ陋巷《ろうこう》の乞食坊主の野たれじにならば、江戸の随筆なんぞにもその例を見るだろう。しかし、これがただの乞食坊主ではなくて、かくれもない詩文の家として、名あり財あり、はなはだ芸術的らしい錯覚の雲につつまれて来たところの、明治このかたの荷風散人の最期とすれば、その文学上の意味はどういうことになるか。

おもえば、葛飾土産までの荷風散人であった。戦後はただこの一篇、さすがに風雅なお亡びず、高興もっともよろこぶべし。しかし、それ以後は……何といおう、どうもいけない。荷風の生活の実情については、わたしはうわさばなしのほかにはなにも知らないが、その書くものはときに目にふれる。いや、そのまれに書くところの文章はわたしの目をそむけさせた。小説と称する愚劣な断片、座談速記なんぞにあらわれる無意味な饒舌、すべて読むに堪えぬもの、聞くに値しないものであった。わずかに日記の文があって、いささか見るべしとしても、年ふれば所詮これまた強弩《きょうど》の末のみ。書くものがダメ。文章の家にとって、うごきのとれぬキメ手である。どうしてこうなのか。荷風さんほどのひとが、いかに老いたとはいえ、まだ八十歳にも手のとどかぬうちに、どうすればこうまで力おとろえたのか。わたしは年少のむかし好んで荷風文学を読んだおぼえがあるので、その晩年の衰退をののしるにしのびない。すくなくとも、詩人の死の直後にそのキズをとがめることはわたしの趣味でない。それにも係らず、わたしの口ぶりはおのずから苛烈のほうにかたむく。というのは、晩年の荷風に於て、わたしの目を打つものは、肉体の衰弱ではなくて、精神の脱落だからである。老荷風は曠野の哲人のように脈絡の無いことばを発したのではなかった。言行に脈絡があることはある。ただ、そのことがじつに小市民の痴愚であった。

葛飾土産以後、晩年の荷風には随筆のすさびは見あたらぬようである。もともと、随筆こそ荷風文学の骨法ではなかったか。ただし、エセエという散文様式を精神の乗物としたところの西欧の発明とは、もとからおもむきがちがう。荷風の随筆は紅毛船載の流儀に依るものと考えるよりも、やっぱり前代の江戸随筆の筋を引くこと多きに居るものと見たほうが妥当だろう。一般に、随筆の家には欠くべからざる基本的条件が二つある。一は本を読むという習性があること、また一は食うにこまらぬという保証をもっていることである。本のはなしを書かなくても、根柢に書巻をひそめないような随筆はあさはかなものと踏みたおしてよい。

また貧苦に迫ったやつが書く随筆はどうも料簡がオシャレでない。その例。奇妙なことに、荷風のしきりに珍重する為永春水が書いた随筆のごときは、あきらかにその無学と貧窮とのゆえをもって、目もあてられぬ泥くさいものになっている。すなわち、和朝ぶりの随筆といえども、右の二つの基本的条件に依って支えられているかぎりでは、ともかくそこに精神上の位置のエネルギーを保つことをえたのだろう。むかしは、荷風は集書の癖あり、またちとの家産を恃んでもいたようだから、まさに随筆家たるに適していたとおもわれる。

しかるに、わたしが遠くから観測するところ、戦後の荷風はどうやら書を読むことを廃している。もとの偏奇館に蔵した書目はなになにであったか知らないが、その蔵書を焼かれたのち、荷風がふたたび本をあつめようとした形迹《けいせき》は見えない。戦後ほどなく諸家の蔵書放出ということがあって、あちこちから古刊本古写本の晦《かく》れていたものがながれ出して来て、市場に一時のにぎわいを呈したおりにも、荷風がなにか買ったといううわさはついぞ聞かなかった。それよりすこしのち、フランスの本のことでいえば、パリの新刊書が堰を切ってどっと押し寄せて来たころ、荷風はたしか座談の中で「ちかごろは向うの本が来ないので読まない」という意味のことをしゃべっていた。来ないどころか、来すぎていたくらいである。サルトル、カミュ、エリュアール、ミショオ、メルロー・ポンティなんぞの著作は、すくなくともそれが輸入された当時には、荷風はおそらく読んでいない。荷風の死後、枕もとにフランスの本がいくらかころがっていたとつたえられるが、まちがう危険をかえりみずにいえば、それがどれほどの本であったか。どこにでもざらにころがっているような古本ではなかったのか。念のためにことわっておくが、わたしはひとが本を読まないことをいけないなんぞといっているのではない。反対に、荷風が書を廃したけはいを遠望したとき、わたしはひいき目の買いかぶりに、これは一段と役者があがったかと錯覚しかけた。古書にも新刊にも、本がどうした。そんなものが何だ。くそを食らえ。こういう見識には、わたしも賛成しないことはない。ただし、そのくそを食らえというところから、精神が別の方向に運動をおこして行くのでなければ、せっかくのタンカのきりばえがしないだろう。わたしはひそかに小説家荷風に於て晩年またあらたなる運動のはじまるべきことを待った。どうも、わたしは待ちぼうけを食わされたようである。小説といおうにも、随筆といおうにも、荷風晩年の愚にもつかぬ断章には、ついに何の著眼も光らない。事実として、老来ようやく書に倦んだということは、精神がことばから解放されたということではなくて、単に随筆家荷風の怠惰と見るほかないだろう。

本のことはともかく、随筆家のもう一つの条件、食うにこまらぬという保証のほうは、荷風は終生これをうしなわず、またうしなうまいとすることに勤勉のようであった。ところで、この保証とはなにか。生活上避けがたい出費にいつでも応ずることができるだけの元金。それを保有するということになるだろう。すなわち、rentier（金利生活者）の生活である。財産の利子で食う。戦前の荷風は幸運なランティエであった。このひとにとって、むかしのパリというものはたしかに気に入った世界であったにちがいない。今は知らず、むかしのパリの市民は、勤労者の小市民ならばなおさら、その生活上の夢をおしなべてランティエたることに懸けていたように見える。荷風はアンリ・ド・レニエの書いた物語を好んでいるが、このレニエの著作こそ、すべてのランティエの、もしくはそうなることを念願し憧憬する小市民の、ささやかな哀愁趣味をゆすぶってくれるような小ぎれいな読物であった。ランティエの人生に処する態度は、その基本に於て、元金には手をつけないという監戒からはじまる。一定の利子の効力に依ってまかなわれるべき生活。元金がへこまないかぎり、ランティエの身柄は生活のワクの中に一応は安全であり、行動はまたそこに一応は自由であり、ワクの外にむかってする発言はときに気のきいた批評ですらありえた。ランティエの、いや、荷風の倫理上の自慢はただ一つ。金銭上他人に迷惑はかけない。ということとは、自分が他人から金銭上の迷惑をこうむることをいかに恐怖していたかという事情を告げるにひとしいものだろう。もしかすると、他人の所有をおびやかさないような迷惑ならば、もしそれがあったとしても、決して恐怖に値するほどの迷惑ではないという見識なのかも知れない。戦中の荷風は堅く自分の生活のワクを守ることに依って、すなわちランティエの本分をつらぬくことに於て、よく荷風なりに抵抗の姿勢をとりつづけることができた。ランティエ荷風の生活上の抵抗は、他の何の役にも立たなかったにせよ、すくなくとも荷風文学をして災禍の時間に堪えさせ、これを戦後に発現させるためには十分な効果を示している。精神もまたどこかの金庫の中につつがなく、財産とともに保管されて、そこに他人の手がふれることを拒否していたふぜいである。わるくない成行であった。しかし、時は移って、戦後の世の中になると……

戦前の大金は戦後の小銭、むかしの逸民は今の窮民である。ぶらぶらあそんでくらす横町の隠居というものを、今日に考えることができるだろうか。ランティエということばは観念上にもすでにほろびて、そのことばに該当するような人間はもはや実在しえない。事態は明瞭である。一生がかりの退職金でも老後は食えないという市井の事実は、個人生活に於ける元金の魔の失権を告げている。しかし、今日の小市民の中にも、なおむかしとおなじく、ランティエの夢は懐古的にのこっているかも知れない。ただむかしとちがって、今日の小市民はそれがついに実現すべからざる夢だということを、そして食うにこまらない明日の、いや、昨日の夢に足をさらわれては今日たちどころに食うにこまるということを、痛切におもい知っているだろう。小市民というものは存外ぬけめのないやつらなのだから、よっぽど足腰の立たない律気者でないかぎり、あらゆる念願にも係らず、自分の人生観を自分で信ずるなんぞというドジは踏まない。自分の人生観。いや、人生観は出来合の見本がずらりとならんでいる中から、当人の都合に依って、任意に取捨したほうが便利にきまっている。その見本の山の底に、とうに無効になったランティエの夢がうっかりまぎれこんでいたとしても、たれも手を出すはずがない。これは戦争という歴史の断絶が市井に吹きこんだ生活上の智慧だろう。このとき、市井の片隅にあって、荷風がいつも手からはなさなかったというボストンバッグとは、いったいなにか。

ひとの語るところに依れば、荷風はこの有名なボストンバッグに秘めたものをみずから「守本尊」といっていたそうである。そのごとくならば、これは死んでも手をつけてはならぬものにちがいない。もしボストンバッグの中に詰めこんだものがすでにほろびた小市民の人生観であったとすれば、戦後の荷風はまさに窮民ということになるだろう。「守本尊」は枕もとに置いたまま、当人は古畳の上にもだえながら死ぬ。陋巷に窮死。貯金通帳の数字の魔に今日どれほどの実力があろうと無かろうと、窮死であることには変りがない。当人の宿願が叶ったというか。じつは、このような死に方こそ、荷風がもっとも恐怖していたものではなかったか。しかし、すべてこういう心配は週刊雑誌の商売にまかせておけばよいことだろう。われわれが問うのは数字の実力でもなく、また死体の姿勢でもない。

態度として、「守本尊」の畳に拠るところの荷風というものは、前後を通じて一貫したもののようである。戦中には、この態度をもって、荷風がよく自分の身柄を守り、文学を守り、またしたがって精神を守ったことはすでに見えている。しかし、このおなじ態度をもって、晩年の荷風はなにを守ったか、なにを守るつもりであったか、目に見えない。いや、目に見えるかぎりでは意味が無い。ひとはこれを奇人という。しかし、この謂うところの奇人が晩年に書いた断片には、何の奇なるものも見ない。ただ愚なるものを見るのみである。怠惰な小市民がそこに居すわって、うごくけはいが無い。まだ八十歳にみたぬ若さにしては、早老であった。怠惰な文学というものがあるだろうか。当人の身柄よりも早く、なげくべし、荷風文学は死滅したようである。また、うごかない精神というものがあるだろうか。当人の死体よりもさきに、あわれむべし、精神は硬直したようである。晩年の荷風はどうもオシャレでなさすぎる。歯が抜けたらば、これを写真にうつして見せるまえに、さっさと歯医者に行くべし。その歯の抜けた口で「郭沫若《かくまつじゃく》は神田の書生」とうすっぺらな放言をするよりも、金石学の権威である郭さんの文集をだまって読んでいたほうが立派だろう。また胃潰瘍ということならば、行くさきは駅前のカッドン屋ではなくて、まさに病院のベッドの上ときまっている。これを常識というか。非ず。わたしは変り身の妙のことをいっている。暮春すでに春服とは、こういう気合のものである。この変り身というものが、晩年の荷風にはさっぱりうかがわれない。精神の柔軟性をうしなったしるしだろう。もしかすると、荷風の精神は戦争に依る断絶の時間を突っ切るには堪えなかったのかも知れない。かくのごとくにして、明治以来の、系譜的には江戸以来の、随筆の家はがっくりつぶれた。これも、もしかすると、和朝流の随筆というものは今日の文学の場に運動するに適格でないのかも知れない。

むかし、荷風散人が妾宅に配置した孤独はまさにそこから運動をおこすべき性質のものであった。これを芸術家の孤独という。はるかに年をへて、とうに運動がおわったあとに、市川の僑居《きょうきょ》にのこった老人のひとりぐらしには、芸術的な意味はなにも無い。したがって、その最期にはなにも悲劇的な事件は無い。今日なおわたしの目中にあるのは、かつての妾宅、日和下駄、下谷叢話、葛飾土産なんぞに於ける荷風散人の運動である。日はすでに落ちた。もはや太陽のエネルギーと縁が切れたところの、一箇の怠惰な老人の末路のごときには、わたしは一燈をささげるゆかりも無い。

（「新潮」一九五九年七月号）

一冊の本

一冊の本についてという出題をうかうか聞いておいたが、これは当方の粗忽のようであった。一冊の本という概念は元来わたしに無い。本といえば、何百冊、何千冊、何万冊……なにもそれほどたくさん手もとに積んであるわけではないが、わたしと縁のありそうな本だけのことにしても、世の中には数かぎりのない本があって、今までにどうやら読むまねをしたのはわずか一つまみ、まだ読まないのは山とそびえて目もくらむばかり、それらの本の全体がすなわちわたしにとって本というものである。

その今までに附合った本だけでも、かぞえれば相当のカサになるはずだから、それをみな克明におぼえているわけもなし、じつは読むそばから忘れたやつが多い。ものわすれを棚にあげて、いくらか体裁よくいえば、読んだものはすべて抛棄したというロはばったいセリフになるだろうが、なに、学問は尻から抜けるホタルで、わたしはそのホタルの一匹でしかない。本にちなむおもいで。さあ、おもいで一般というあまったるいものはこれまたわたしとは縁が無い。したがって、女に振られたときに読んだ本なんぞという深刻なはなしのタネはおあいにくさまである。

それにしても、わたしがものごころついて以来最初にぶつかった本らしきやつはいったい何であったか。こどもの絵本のたぐいは別として、ウソにも本と名の附いたものでいえば、そう、論語であった。ただし、これは決してみずから欲して読んだのではなく、いやいやながら無理に読まされたものである。

わたし幼少のみぎり、毎日のようにじいさんの部屋に呼びつけられて、机の前にすわらせられるという家内工業的な課目があった。机の上には、四角な字のならんだ大阪の本がひろげてある。今おもえば江戸の刊本の、これが論語という小にくらしいしろものに相違なかった。じいさんがムニャムニャ読む。わたしはただそのまねをして、無意味に口をうごかしてムニャムニャ……もとよりこころここに在らずで、食らえどもそのあじわいを知らず、漫然と火の玉を食らったのみ。夏のことにして、縁側にトンボが飛んで来ると、もうじっとしていられず、横目をつかってトンボにねらいをつけながら、ムニャムニャ。やがて、おしまい。しめた。さっそく火の玉の口直しに豆ネジかなにか頬ばるのと縁側に駆け出すのが同時で、トンボが飛んで行くと、そのあとを追って外へ……これがわたしの本というものの読まされはじめであった。

ところで、わたしがオトナになってこのかた、みずから欲して論語という本をひろげて、あたまから尻尾まで飛ばさずに、一気に読みとおした経験があっただろうか。どうもそのおぼえが無い。論語といわれると、いいがかりを附けられたようにおもう。そういうものではございません。そのくせ、こどものときのムニャムニャがいつか文字のかたちを取り意味を取って、子曰先進於礼楽野人也とか顔淵問仁子曰克己復礼為仁とか、文句のきれはしが存外すらすら、仲尼《ちゅうじ》さんとは古いなじみのような顔をして、おりにふれては口に出る。しかし、食らえどもそのあじわいを知らないことは旧に依ってかわらない。ムニャムニャはどこまで行ってもムニャムニャ。オトナになっても、やっぱりトンボを追いかけるくちである。

口のさきにはすらすら出ても、ついに身にも皮にもなっていないような本があればあるものである。ただし、身にも皮にもなっていないというのは当方の事情なのだから、本に文句をつけるわけにはゆかない。それどころか、論語がおもしろい本だということには異存がない。わたしはかなりこの本が気に入っている。かなりというのは、他人行儀だがというほどのこころである。ムニャムニャにはしても、わたしはたまにはこの本のことをおもい出す義理があるようにさえおもっている。子貢君子ヲ問フ。子曰ク、先ヅ行フ、其言ハシカル後ニ之ニ従フ。いかにも、ことばは生活から出る。ごもっとも。ウソをつけ。わたしの考はじつはちょっとちがう。ことばはかならずしも「之ニ従」はなくてもよい。今日の婦女子の流行語を借りていえば、「申シワケナイ」仕儀である。

（「朝日新聞」一九六一年六月十八日）

宇野浩二

九月二十二日の朝、なにげなく新聞をひろげると、とたんにぱっと宇野浩二氏の写真が目を打って来た。逝去の知らせであった。そのとき、ティブルの上にまだ一字も書いてない紙が置いてあって、わたしはそこに南画のことを書き出すつもりでいたのだが、たちまち遠い江戸の画人の顔は霞にまぎれたように見えた。いそぐことはない。江戸はさきのほうで待っていてくれるだろう。さしあたり、どうしても宇野さんの顔から目をそらすことができない。そこで、これもいそぐというわけではないが、宇野さんのことを書く。

宇野さんの著書「文学の三十年」の中に、むかしの本郷の菊富士ホテルという下宿屋のはなしが仔細に記されている。わたしが宇野さんにはじめて逢ったところはこの下宿屋であった。そのころ、わたしの家は浅草にあることはあったが、わたしは家を飛び出して、うまれてはじめて、つねづね毛ぎらいして近よらなかった下宿屋という諸国の書生ぼうのたまり場にころがりこむ仕儀になった。それが菊富士ホテルであったのは偶然でしかない。ただし、奇妙なことに、この称するところのホテルは尋常の下宿屋ではなかった。「文学の三十年」に書いてあるように、ホテルもけったいだが、人物も一風ちがう。当時の宇野さんのことばを借りれば、まあ「バルザック的」と見立てられないものでもなかった。そこの梯子段のあがりおり、食堂のテイブルなんぞで、宇野さんとか、すでに亡き高田保君《たかたたもつ》とか、そのほか同宿のさまざまの惺惺漢と相識ることをえたのは、わたしの回想の中のあかるい一節である。

当時というのは、はるかに三十余年のむかし、大正癸亥の春から夏にかけて、すなわち九月の地震よりもまえのことである。かぞえどしでいえば、宇野さんは年譜に依ると三十三、この春はちょうど「子を貸し屋」というみごとな小説を書いたときに当り、少壮はやくも一家の盛名を成していた。わたしは二十五、まんぞくなことができるわけもない、たかが翻訳本を一冊出したか出さないか、恰好だけはなまいきざかりでも、正味はいやはや、ただのぐうたら書生という実状であった。さいわいに、宇野さんはわたしのなまいきを嫌わず、おりおりのはなし相手にしてくれた。よく行ったり来たり。宇野さんの部屋には昼間でも有名な蒲団が敷いてあって、「蔵の中」の作者はそこにいる。もとより酒をたしなまないひとだから、シラフのはなしにきまっていた。わたしはそのときまで世の学芸の名士に近づいた経験がなく、わずかに幼少のみぎり淡島寒月翁にまみえて、かの向島の庵で俳諧のおはなしをうけたまわったことはあるが、翁は別格の隠君子、こちらはトンボつりのこどもで、これは段がちがいすぎた。当代におこなわれる小説家としては、宇野さんはわたしがめぐり逢うことをえた最初のひとであった。おもえば、わたしは文壇というところにずっと後年になって遅れてまかり出たせいか、しぜん交友の幅がせまい。今日までにどうやらお附合をねがった斯道の長者といえば、指おりかぞえるまでもなく、宇野さんをふくめて三人を越えない。

ところで、右のシラフのはなしの内容は何であったか。宇野さんはいつどこでも文学しか語らない。すなわち、われわれは主としてフランス文学を……ここでまちがえてはいけない。なまいきな青書生のわたしが論じたのではない。フランス文学を語って倦むことを知らなかったのはじつに宇野さんのほうであった。宇野さんは論客が論ずるように唾をとばさない。あたかも恋をささやくかのように、ひそひそと、綿綿と語る。そして、わたしはときにその意見にしたがい、またときにこれに逆らう。それで結構はなしになった。なにがはなしになったのか。おおげさにいえば、そこに文学のジェニィ（精髄）らしきものが何となく浮びあがって来たかのように錯覚されたという意味である。翻訳があるかぎりでは、宇野さんは好んで西欧の文学をあさっていた。耽読ということばがあてはまる。それはほとんど翻訳本の活字に憑かれたもののようにさえ見えた。訳文の未熟も生硬も、誤訳ですら、これをいとわない。あまいものがなくては我慢できないひとが駄菓子屋の飴玉までしゃぶるおもむきであった。詩ではフランスの象徴詩。宇野さんが好んでいたのは、いや、憑かれていたのは、おそらくヴェルレーヌではなかったか。象徴詩の鑑賞ということでは、フランス語を善くしない宇野さんが翻訳を通してがぶり食らいとった詩のジェニィの消化力は、フランス文学を商売にする先生諸君の講釈なんぞよりも、水ぎわ立ってみごとであった。この件については、わたしが証人に立つ。宇野さんはあたえられたものを鵜呑にしない。その食らいとったサンボリスムの精神は、我流ではあっても、また我流でなくてはならぬのだが、かならずや当人の文学の根柢にふかく沈みこんだにちがいない。それはこのひとをして尋常の私小説家たらしめなかった一因ではないか。余計な世話をやくようだが、後世の批評家は宇野浩二の文学に於てここのところを見おとさないほうがよい。

さて、ここに一つ、わたしとしてどうしても書いておかなくてはならぬことがある。下宿屋のはなしをもち出したのは、じつはそのことのためである。かの癸亥の年の夏、そろそろ暑くなりかけたころ、わたしの皮膚に異変がおこった。ある朝目をさますと、腋の下に、ぽつりと小さく赤いかたまりがあたまを出していた。突然の出現であった。かたまりはつながって二つ。それが二ところ。シンが堅くて、すごくかゆい。ノミにくわれたのとはちがう。ジンマシンでもない。皮膚病か。しかし、すぐ医者というほどではないようにおもって、その日はそのままにしておいた。すると、あくる朝、またしてもそいつが出た。今度は手首である。いよいよ皮膚病。うっちゃっておけば、そいつはやがて全身にひろがりそうであった。ぞーっとする。デキモノ、吹出物、かったいやみ。これではひとまじわりができないではないか。女の子とあそぶにも不都合ではないか。いや、まっさきに、わたしの虚栄心がこれを許さない。わたしはうまれつき見栄坊だから、かゆいよりも体裁が気になって、ちょっと人生観が暗くなった。そして、ともかく医者とおもいきめて、外に出ようとすると、廊下で宇野さんに逢って、つい部屋にはいって、はなしこんだ。暑いときだから、ゆかたを著ている。手首の一件をかくそうとしても、袖がぱくぱくして、かくしきれない。宇野さんはちらっと見てこういった。あなた南京虫にくわれましたね。それと聞いて、わたしはとぼっとした。なんだ、南京虫だったのか。ぼんやりしたはなしだが、わたしはこのときまで南京虫にくわれるはおろか、虫の実物を見たこともなかった。その悪名は聞きおよんではいたものの、遠い上海か、近くても横浜あたりのことゝタカをくって、まさか自分の身に危害をこうむろうとはおもってもみなかった。何にしても、皮膚病でなかったのはさいわい。わたしはほっと一息……いや、ほっとするひまもなく、宇野さんのしずかな一言、ざぶりとあたまから浴びせられた。

「なにごとも男子の心胆を練るのです。」

まさに一本くった。宇野さんの活眼はたちどころにわたしの見栄坊の煩悶を見やぶったのだろう。そして、皮膚病でないことがわかると、とたんにいい気になって、もう医者どころか、さっそく女の子とあそびに行きかねないわたしの軽薄のごときは、手にとるように浄玻《じようは》璃《り》の鏡にうつってしまったのだろう。いったい南京虫にくわれたかくわれないかに依って、人生観が暗くなったり明るくなったりするという法があるだろうか。たしかに、わたしの「心胆」に一発くわせるために、この場に南京虫が配置されなくてはならぬ十分の理由があった。この下宿屋はさすがに「バルザック的」といわれるだけあって、なかなかおもしろい仕掛になっていたものである。後日に、わたしは伝習録を読んでいるうちに、万変ニ酬《しゆう》酢《さく》ストイヘドモ常ニコレ従容自在という文句を見て、あらためてかの宇野さんのことばを、かのときの宇野さんの顔をおもった。いや、それよりもわが身のこと。爾来わたしは生活上いくたびか南京虫にくわれたよりもすこしは手きびしい目に逢っているが、さてわたしの「心胆」はどうなったものやら、一向にたよりない。一語の恩、これを報ずるによしなし。げんに、わたしは宇野さんからかの一語を三十余年来ずっと借りっぱなしにしたままで、元にも子にも、ついぞ水引をかけて返したおぼえがない。

この下宿屋以前に、わたしは宇野さんを「蔵の中」の作者としてよそながら知っていた。「蔵の中」わたしは今宇野さんの文学について解説を書いているのではないのだから、小うるさいことはすべて省略にしたがう。そういっても、この作品は大正七年当時の自然主義的傾向の文壇に新風を吹きこんだものとされていて、またそれに相違はないのだが、その新風とはなにがあたらしいのか。そもそも、宇野さんは小説家としてゴーゴリとバルザックとを「尊敬」するとみずからいっていたひとである。誇張していえば、手をあわせておがむというまでの気合であった。もしわたしがここでいくらかウソをついて、宇野さんが炉辺でこごえた指をあたためる程度には実際に手をすりあわせるのを見たといったにしても、存外ウソでもなく誇張でもないかも知れない。いや、実際に、かの下宿屋でのことにして、「子を貸し屋」を書いたばかりの作者はなおゴーゴリについてバルザックについてまたヴェルレーヌについて語るとき、ちょっと眼をかがやかして、低いことばにいくぶんの熱をこめて、しぜん軽く指を揉むようなしぐさをするのを見たとおぼえている。そして、そのような宇野さんを、わたしは好みもし信じてもいる。たしかに、宇野さんの体内には小鬼が棲んでいて、それがときにロシヤなりフランスなりの実在人物の名に配当されたのだろう。このとき、小鬼は理想化された人格をとって現前して来る。宇野さんが「尊敬」していたのはまさにこの小鬼……どうも解説じみて来た。事のついでに、一口でいえば、かの「蔵の中」という作品の極に配置された小鬼はおそらくゴーゴリと名のついたやつではなかったかとおもう。ただし、ここまでがゴーゴリ、ここまでがバルザックと、領分に仕切がついていたわけでないことはいうまでもない。

ゴーゴリであろうと、バルザックであろうと、またはイワシのあたまであろうと、風はどこから吹きおこって来てもよい。「蔵の中」の作者が日本の文学に吹きこんだ新風は、思想というくさりやすいもの、意匠という剝げやすいものではなかった。もし思想なり意匠なりの側から見たとすれば、これはどうということもない作品だろう。また出来ぐあいからいっても、しっぽのほうが崩れぎみで、もっとさきに駆け出して行くはずのやつが途中で寐ぼけてしまったような恰好に見える。しかし、この作品の鑑賞はそういうところに目をきょろきょろさせるべきではない。作者の目のつけどころはかならずや方法の上にかかっている。どのように書くか。書くという操作のはこび方。どう書くかといっても、これはこうよりほかに書きようがない。作者はことばをあつかう段どりをつけることからはじめて、書きながらに散文という小説の方法を突きとめたけしきである。そして、読者もまた読みながらに作者が突きとめたところのものを納得させられるほかないだろう。ここまで来ると、もはやイワシのあたまの信心にもおよばず、まして筋とか材料とか仕立とかチョロイやつの出しゃばる幕でもなく、ただ宇野浩二という小説家の方法上の開眼がものをいう。それゆえに、大正七年に二十八歳の青年が「文章世界」というばかばかしい雑誌に書いたこの寐ぼけたような小説は、今日でもなお、すなわち今日の小説概念をもってしても、方法論的にたっぷり読むに堪える品物になっている。

いったい宇野さんというひとはいつのころからロシヤパンだのフランスパンだのにかぶりつくことに依って文学の世界にそだって来たのか、わたしは知らない。わたしが宇野さんを知ったとき、そこにはすでに出来あがったところの……さあ、何といおう。西欧的に自己形成したところの人物をそこに見たとでもいうか。やれやれ、何というアホないいぐさだろう。ちかごろでは使ってはいけないことになっているようだが、ここはどうしても毛唐という便利なことばを起用しなくてはならない。みずから欲して毛唐に化けたところの……なおいけない。ますますツボがはずれる。いい直す。今度はなるべく近似的に正確にいう。文学上ではうまれながらに、すなわち本質的に毛唐の血筋を引いているところの、そのくせ日本人であるがゆえに日本人みたいにしか見えない不幸をもつところの、しかも他人はもとより当人までそれに気がつかないような小説家が宇野さんというひとであった。このひとはパンにかぶりついたおかげで毛唐みたいに化けたのではなくて、反対にパンしか口に合わないところの毛唐が日本人そっくりみたいにうまれおちたという宿命をもったのだろう。宇野さんのうまれは明治二十四年だが、それ以前の日本歴史はこのひとにとって完全に無きにひとしい。

それ以後はどうかといえば、このひとにとってはただ毛唐の近代文学史に対応するような日本の近代文学史のほかにはなにも無い。これではどうしてもあちらの小説の神様かなにかおがまなくては息のつき場がなかろうではないか。また商売は小説家にでもならなければ生活上どこにも立瀬がなかろうではないか。それでいながら、この当人、好んでしゃれたキモノなんぞを著て、日本独特の珍発明、例の私小説流の品物をちょくちょく書いて見せている。あきれたはなしである。この毛唐めが。よくもまあ尻尾を出さずに、当人は知らぬがほとけで、どう見ても日本人そっくりにぬけぬけと化けきったものだ。他人はわたしのいうことを信じないだろうか。それならば、この小説家の書いた本を一冊のこらず隈なく読みつくしてなるほどとおもうがよい。本を読むのがめんどくさいというか。それならば、一生の念願で毛唐に化けてみせようとすればするほどなお浅薄に日本人くさくなってしまう多くの日本人と、宇野さんとをくらべて見るがよい。これは一目でわかる幼稚園の比較人間学だろう。このような日本人そっくりの、あきれた毛唐の小説家の実例として、われわれにごく近い時代の日本の文学史は徳田秋声という文学上の無神論者と宇野浩二という有神論者とをかぞえる晴れがましい名誉をもつ。

それはそうと、宇野さんは中ごろ「病気」に犯されたという周知の事実がある。すでに周知のことだから「病気」といっても非礼ではないだろう。その病中の実状については直接になにも知らないが……これは書くべきかどうか。そう、つぎのように書くことは許されるだろう。いくさのあいだに、すなわち病後の宇野さんから、わたしはハガキのたよりをつづけて二枚もらったことがあった。その内容は書かない。またそのハガキはとうに猛火のために焼かれてしまったのだから、見せろといわれても今は見せようがない。ただこの二枚のハガキに於て、わたしは回復しているはずの宇野さんの体内になお「病気」のほとぼりに似たものが残っていることを知らされたようにおもった。文章がみだれていて意味がわからなかったのではない。文意は明瞭でありながら、それがどうも事実に対して、いや、げんにいくさがおこなわれているさいちゅうの時代に対して、つまり現実一般に対して、みごとにトンチンカンであった。そして、そのことはわたしをかなしませたよりも、どちらかといえば、よろこばせたといったほうが当時の実感にちかい。宇野さんのトンチンカンは、もしひとが事実を知らずにかのハガキだけを読んだとすれば、トンチンカンのほうが事実としか信じられないような、事実をして顔色なからしめるようなものであった。わたしは強制的に閉鎖された当時の生活の中に、突然異邦の友だちから、こちら側の事情とは完全につながりのない通信を投げこまれたような錯覚をもった。異様ながらたのしい錯覚。もとより宇野さんは知らん顔。おやおやとおもったのはわたしだけ。これはただ右の二枚のハガキについてのみいうことである。

ちょうどそのおなじころ、他に発起するひとがあって、病後の宇野さんとはなしをする会ができていた。今のことばでいえば、宇野さんをはげます会。長者にむかってはげますと申してはなにだが、またはげます必要はじつは無かったのだが、まあ元来はそういうこころいきの会のようであった。わたしもおりおりそこに便乗して宇野さんと逢う機会をもった。そして、そこに見た宇野さんはいつも決してトンチンカンなんぞではなかった。はなしの筋が通っていて、はなし方も旧のまま。つまり、このひとは旧に依って文学しか語らない。いくさのさいちゅうではあっても、いくさのはなしごときものはカケラも出ない。この病める小説家は文章経国の報国のとキチガイじみたうわことはまちがってもロばしらなかった。すなわち、「病気」のキの字も出してみせるどころか、キチガイ騒動のまんなかにあって、当人はついこのあいだ病院を出たばかりのくせに、けろりとして「正気」を保っている小説家がそこにいた。もし「病気」にならなかったとしても、宇野さんというひとは所詮こういうふうにうまれついたひとなのだろう。このとき、トンチンカンなやつといえば、あきらかに世間のキチガイどものほうにきまっている。宇野さんのあっけらかんも一世一代のいいところであった。その宇野さんに於て、わたしはあらためて祝福すべき毛唐の顔をみとめた。これはたとい気がちがっても「正気」を食いとめた人間の顔と見るほかなかった。

いくさののちほどなく、わたしは焼跡をあるいている途中でばったり宇野さんに逢った。そして、われわれは焼のこりのちっぽけな喫茶店にはいって腰かけた。そこのがたがたの腰掛の上で、宇野さんはもっぱらある男のはなしをしつづけた。それはわれわれの知っている男で、せっかくいくさの荒波から助かった身なのに、ある夜泥酔のあげく貨物列車に轢きころされたという。宇野さんはバルザックの小説の中の一節を暗誦でもするような口ぶりで、その男の性格行状にわたって、どうしても貨物列車の下敷にころがりこむほかないような一部仔什《しじゅう》をながながと語って、焼跡のはなしも、世相のはなしも、その他一切のはなしはついに出なかった。

その後、宇野さんは病臥にこもりがちと聞きもしたし、わたしはまたわたしなりにごたごたつづきでもあって、ごくまれに外で顔をあわせたほかには、ついかけちがってはなしをするおりもなく過ぎた。この間わたしはときどき宇野さんの書く文章をのぞいて見ていた。カッコの多い文章。これはいくさののちにあらわれた宇野さんの筆癖のようである。そのカッコの外の主要な文章をではなくて、カッコの中のみじかい文章を、じつにそこだけを拾って読む癖がいつのまにかわたしの側についてしまった。これは礼をわきまえぬ読み方であろうか。しかし、わたしはカッコの中の部分がわたしを呼んで、宇野さんの世界に、その精神の内部に、もしくは生活の室内に招きよせているもののようにおもった。もしわたしが宇野さんに逢うおりがあって、このカッコの部分を話題にのぼせたとしたらば、おそらく宇野さんはそれぞれの部分について事こまかに、しぜんそこにいくつもの短篇ができあがってしまうまでに、ながながと語りつづけて倦まないのではなかろうか。このカッコの中には小説家の素質が散乱していて、ときには花弁のいろどりがあり、ときには草木のすがたがあって、あたかも植物図鑑をひろげたように、そこにのぞきこむ目をきらきらと打って来る。わたしはこの部分を宇野さん流に耽読することに於て、目のまえにいない小説家と対談しているにひとしいような印象を受けた。

ことしの五月のある日、上野のさるところで公式の会があったとき、わたしはそこの庭の小さいパーティーで久しぶりに宇野さんに逢った。老いたる小説家はわざわざ出て来られたようであった。それが立ったままテイブルのはしに片手をついて、ほそ長いからだをちょっとかがめるようにして、むかしながらにひそひそと、ああ、なんと、二十余年前の本郷の下宿屋のはなしを……それにつけても、宇野さんのお年をめされたことよ、羽織袴のすらりと立ったすがたは、しかしすすきの穂かなんぞのようによわよわしくゆらぐかと見えた。ただ澄江堂の句の「もみあげ長き……」は今もかわらず、横顔はいっそつめたく冴えた。そして、ここに吹くのは「こがらし」ではなくて、薫風のにおう中に、宇野さんはみずから発したことばの消えて行くあとを追うように、影のふかい目をあげて、遠くを見つめた。それは時間の流に小さい石を投げこんで、じっとその音に耳をすますというふぜいであった。このつぎはいつどこでお目にかかれるか。ふっとわたしはそうおもった。いや、いつどこでということはない。水のほとりに立って、小さい石を投げこめば、音に応じて、宇野さんは出て来そうであった。まさにこれ一箇の従容自在翁。それがわたしの見た最後の宇野浩二像であった。

（「文學界」一九六一年十一月号）

ドガと鳥鍋と

上野の博物館のルーヴル展というところで、フランスから送って来たさまざまの名画がずらりと壁に掛けならべてある中に、わたしはドガの「取引所にて」のまえでしぜん足をとめた。いや、じつは足をとめているひまがなかった。なにぶんにもひどい混雑であった。去年のくれに一度ここに来てドガが気になっていたので、この正月にふたたび出直して来たのだが、混雑はさらにはげしい。ひとの渦に巻きこまれて、つい画から突きはなされてしまう。わたしはその場に十秒と立ったままでいられなかった。神社仏閣の観光バスを例に引くまでもなく、およそ美の流行と関係のあるところには、御方便にも満員の電車なみに人間がごたごたするという現象については、すでに新聞のカコミ欄かなにかで、おそらく識者と呼ばれるほどの御仁が文明批評的な見解を示しているだろう。それはさしあたりわたしの知ったことでない。ただ右の画のことをいい出す以上は、この人間のごたごたのことをいっておく必要がある。というのは、わたしもおなじく今日のごたごた系に身を置いて、ときどきひとに突きとばされながら、微力をもって生活また仕事をしている人間の中の一箇だからである。

「取引所にて」がどういう画か、図版を見てもあたりがつくだろう。くすんだ色合の壁のまえにシルクハットをかぶった人物がいくたりか寄りあつまっている図柄である。その図柄がどうこうというのではない。またみごとに描けている画ではあっても、それだからとくにここに取りあげるのでもない。あたかもこの画に於て集中されたエネルギーの作用として、画のまえの床には目に見えない磁場ができていて、その場に踏みこんだとたんに、わたしの靴がぴたりと吸いついてしまったような仕儀であった。もしそこにどこかの女学生がよろけて来たり、どこかのコドモが御丁寧にも泣き出したりするという邪魔がはいらなかったとすれば、わたしの靴は十秒の十倍ぐらいの時間はなお吸いつきぱなしでいたかも知れない。もっとも、エネルギーの集中ということならば、なにもドガにはかぎらず、すべてのすぐれた画にそれはあるはずだろう。しかし、たとえばクールベの「三人の浴女」とかドラクロアの「狂えるメディア」とかのまえでは、わたしはほとんど足をとめずにすらすらと見てすぎることができた。「取引所にて」がわたしを立ちどまらせたのは、その画に於ける運動のリズムであったといえるようにおもう。そういっても、わたしの靴がそのリズムに調子をあわせて足ぶみしたということにはならない。じつはかの女学生もコドモもわたしにとって決して邪魔者ではなくて、幸便に享受上適切な刺戟をあたえてくれたものであった。すなわち、ひとごみの中での十秒は画に対するわたしの側の抵抗の時間にあたる。

リズムといえば、しばらくルーヴル展からはなれて、パウル・クレエの画を見ることにする。たとえば「色の環」とか「赤青黄の建築」とか「北側の部屋」とかいうもののまえに立つと、ひとはその色彩と構成とに於て羽根のはえた音符が飛びめぐっているのを見るようにおもうだろう。そこにはちとのズレも許されない。描かれたままに世界は緊密に現前している。当人のことばに依れば、クレエはすでに生きることを終えたものとまだ生きることをはじめないものとのあいだにいて、創造の根元に近よりすぎもせず遠ざかりすぎもしないような画家であった。その画にはクレエの感得した宇宙式が書いてあるのかも知れない。いや、創造の根元はおよそこの見当というところに、宇宙の法則をこころえたデーモンがひそんでいて、クレエはそのデーモンに憑かれたのかも知れない。画のリズムはデーモンの運動を告げているようである。表現はどうしても抽象におもむくほかないだろう。われわれはクレエに依って抽象された世界の内部に、すなわち画面の内側にはいって行って、もし画家の招待に応ずるだけの因縁があるものならば、そこでデーモンと交渉する仕儀になる。芸術上の鑑賞もまたこの因縁の外に出るわけにはゆくまい。このとき、画面とわれわれとのあいだに、修学旅行の洟たらしどもがわーっと割りこんで来たとしても、それはたしかに邪魔っけではあるが、もとより因縁をぶちこわすほどの力はなく、また鑑賞に刺戟をあたえるというほどのことでもない。すなわち、割りこんで来た今日的なごたごた系には、このとき何の意味も無い。

すると、「取引所にて」のまえでは……さて、わたしがここに書こうとしているのはこれからさきのことである。それは画だの画家だのの品さだめではなくて、はなしはかえって今日のごたごた系に関係する。そういっても、後世の混乱はドガの知ったことではないのだから、その画が壁からおりて来てひとごみの無秩序の場に立つはずもない。逆に、ドガにむかって無秩序の場をつくって見せたのは今日のごたごた系に属する人間のしわざである。クレエの画のまえをいわばからっぽにしておいて、女こどもまでどやどや山にのぼって、そのような場がドガの画のまえにできあがったというのは、この近世のすぐれた画家が完成された形式に於て美を打ち出しているからだろう。形式の完成がクラシックの特徴の一つとすれば、ドガは適度にクラシックであった。おなじひとごみの殺到をぶっつけても、クールべとかドラクロアとかではこうはゆかない。リズムはすでに遠くして、ひとごみの足音に踏み消されてしまうようである。適度とは、画家の名誉のために、今日のごたごた系を対立させるに堪えるものというほどの意味である。

この今日のごたごた系の場はわれわれにとってすなわち今日の仕事場にほかならない。ドガの画が壁にあって上から見おろしているということがいったい何だろう。「取引所にて」は画面にハガネかなにかを張りわたしたように、かつて見つけられた表現をそこに確立させせていて、これを突いても崩れない。書になぞらえていえば、勁靭《きょうじん》とでもいうか。このゆるぎなき世界は芸術一般の形式上の基本がここにあると錯覚させるまでにつよい気合をもつ。こういう気合はクレエの抽象の世界にはすでにうしなわれたものだろう。しかし、壁の上に高くとまった美的形式が旧に依ってその正確なリズムを保っているからといって、今日のごたごた系がそれと呼吸をあわせなくてはならぬという義理はもちろん無い。ごたごた系はごたごたなりに運動をおこす権利がある。すなわち、ここに反芸術という観念を対立させる芸術上の必然が吹きあがって来る。

一般に観念は必至に形式を取らなくてはならない。そして、形式は観念ほど速くは駆け出すことができない。形式には形式の歴史があって、変化の筋を踏んで来ている。これは尋常のはなしである。しかし、観念が反芸術というところにぶつかると、形式はすべての筋を踏みちらして、歴史は無かったにひとしくなるだろう。歴史の中にさしこまれた歴史否定の時間。このとき、反芸術の観念になにかの形式をあたえたとすれば、それがなにほどのものであったにしても、ともかく形式上の一事件ではありうるだろう。またそのかぎりでいえば、芸術の質が変化したように見えないこともないだろう。たとえば、「取引所にて」に対するごたごた系の場のことにして、そこによろけて来たものが女学生であろうと自転車であろうと、泣き出したものがコドモであろうとラッパであろうと、その他なにものでも、くるった時計なり、ぶっこわれたラジオなり、おもちゃの飛行機なり、煉瓦《れんが》のかけらなり、それらの物質に構成とリズムとをあたえて、これを一つの作品として打ち出したとすればどうか。それは作品すなわち事件である。ばかばかしいというか。いかにも一応ばかばかしい。げらげら笑い出すひと、眉をひそめておこり出すひと、さまざまだろう。それでも、芸術上の可能ということからいって、わたしはこのようなばかばかしい「作品」をあたまごなしにバカにしてはかからない。すなわち、これを見るのにあらかじめ決定した態度というものはわたしに無い。

反芸術ということも、作品を事件と見ることも、ことばはいろいろだろうが、今はじまったことでなかった。近いためしに、第一次大戦のあとにダダがおこっている。今さらダダの説明でもあるまい。当時わたしはまだ年少、仕事にもなんにも、芸術の現場から遠いところにふらふらしていたが、しかしピカビヤは気に入らないものではなかった。わたしは精神……とまではいわない、青二才の生活感情に於ていくぶんはダダのほうに傾斜しかかったようなおぼえがある。それでも、ダダの波のあとに置きざりをくった貝殻の一かけらになったようなおぼえはない。今おもえば、それはわたしの個性の抵抗が波をおよぎ抜けたなんぞという後生楽なはなしではなくて、当時のダダは、すくなくとも日本にまでおよぼした余波のかぎりでは、青二才の生活を巻きこんで行くだけの力すら欠けていたということになるだろう。よわいエネルギー。はたせるかな、ダダはついに事件にまで至らないうちに、はなはだ日本化された浮浪現象としておのずから流れ去った。こういうのは、わたしが後日になって往年のダダを踏みたおしているためではない。反対に、芸術上の可能を遠望させることに於て、ダダは当時の日本の芸術にむかって発明奨励の掛声というぐらいの栄養学的刺戟はあたえたのではないかと、わたしは今日なお高く買いかぶるほうにかたむいている。

今日、むかしのダダをおもい出させるような、反芸術という便宜上の呼名に適するような運動が海外におこっているという。しかし、むかしのダダとちがって、今日の運動はだいぶ理窟の手がこんで来たようである。歴史のながれを切断して虚妄の世界観を立てる代りに、現在の瞬間に過去の時間の全部を収斂するとでもいうか。火をつける。秩序が燃える。すべてのものは現在の日常性に於てのみ存在する。ビールのあきびんも、ちぎれた雑巾も、びっこの犬も。そして人間もまたその日常性に於て物質にひとしい。その場にがたがたの車を置けば、車は人間の意識すべからざる運動の機構に依ってうごき出す。すでに事件ははじまっている。人間もまたそこに参加するほかない。車が乗りつけて行くさきは偶然という世界である。そういっても、理窟はどうでもよい。すくなくとも、実際にうごき出した事件すなわち「作品」と分離的に、理窟を信用しなくてはならぬという法はない。かつて年少のわたしのささやかな日本的ダダ経験では、現在の瞬間をいかにして充実させるかという具体的方法の見つからないところに精神上の欲求不満があった。方法論的に、生活と理窟と（おそらく仕事と）リズムが分裂する。今日の運動では、もしそれが日本に渡来したとすれば、日本の現場に於ける方法はどういうことになるだろう。たとえば人間オブジェと見て、人間を事件の中に配置する仕方はどうか。人間は、いや、他の物質にしても、そのおなじ日常性をもって、みずから参加した事件に叛逆するかも知れない。もっとも、日本のことは心配するにもあたらないだろう。というのは、このたぐいの運動はむかしから日本の現場では受附を拒否されるにきまっているからである。どうも日本の芸術家諸君はのべつにマッチをすって思想のたばこを燃しているくせに、自分が信じているわけでもなさそうな「永遠の秩序」には、たった一本のマッチをすら惜しんで、火をつけてこれを燃そうとしないほどケチンボで無精のように見える。たぶんオトナというものだろう。すべての反芸術的な「作品」がばかばかしく見えるよりも、この芸術家のオトナ性のほうがよっぽど本質的にばかばかしい。美学とモラルと突きあわせてめでたく張尻が合うようなところには、芸術上の波風は立ちっこない。

わたしはルーヴル展のひとごみに押しながされながら、わずか十秒といえども十秒なりに念を入れて見た画は「取引所にて」一つだけであった。そして、せっかちにもモジリアニだのレジェだのを飛び越して、わたしの目のまえには反芸術のイメージが霧のように湧きひろがった。これはどういうわけだろう。おそらく、わたしはわたしの商売のことを気にしていたせいではないかとおもう。すなわち、小説の方法についての思案である。しかし、そのことは書かない。というのは、一つには右の思案はまだきまるに至らないからである。もう一つには、それとは別に、わたしはこの会場に来るまえによそで見たもののことを考えていたからである。思案のきまらない商売のはなしよりは、よそで見たもののはなしをしたほうが、当人、肩がこらない。こういう程度には、わたしもわたしの流儀をもってケチンボで無精のうたがいがあるのかも知れない。

その見たものというのは一箇の陶器であった。乾隆洋彩の連瓶。ところはさるひとの家だから混雑に押しまくられるおそれはない。わたしはついそれに手をふれることができた。連瓶にはゆたかな胸をあらわした若い婦女の図がある。西洋美人。いかにも西洋美人という概念にぴったりするようなおもむきのものであった。いや、連瓶そのものが若い婦女のゆたかな胸のようににおって、まさにうつくしい工芸品という概念にぴったりしていた。それは典型的にうつくしい。すなわち、ちっともうつくしくない。この古月軒手と称する工芸品がどこのなんとか軒の手にかかったものか、ホンモノかニセモノかという屈託は完全にわたしに無かった。美意識の手がきまっているものならば、ニセモノがどうしたというのか。しかも、因果なことに、この古月軒手はどうやら元祖のホンモノらしいという嫌疑すらあった。お手本のホンモノとなっては、いよいよまともに附合いにくい。

このような派手でハイカラでぴかぴかしたもの一般を、わたしは好まないのだろうか。そんなことはない。すくなくとも、きらいといえた義理でない。わたしはコドモのとき、どこのコドモでもそうだろうが、ぴかぴかのハイカラを好む習性があった。西洋と名がつけば、絵本絵はがき写真帳をはじめ、なんでも目がなかった。舶来シャボンの包み紙、横浜あたりで売っていたチョコレートの箱に至るまで、西洋の美人だの草花だの風景だのが描いてあって、ぴかぴか光っていて、どれも気に入った。そのくらいだから、いかにオトナになって趣味が低下したにしても、乾隆洋彩の西洋美人が気に入らないわけがないだろう。ただこの乾隆洋彩と、むかしの舶来シャボンの包み紙と、もし美的価値を論ずるとすれば、わたしにとってどっちがどうということもない。シャボンの包み紙は、そのぴかぴかしたやつを手でつかんで、くちゃくちゃにして、ぽいと投げ捨てるのに快適であった。かりにこの包み紙にも美的価値がありえたとすれば、これをくちゃくちゃに丸めることに於て、わたしはその美的価値の体系を一瞬にして手の中にたしかめたことになるだろう。あとは捨てるほかない。この吹けば飛ぶようなものをコレクションの棚に置こうとしても、あたえるべき位置があるまい。包み紙の日常性は紙屑籠の中に潑剌とする。乾隆洋彩は……それとこれとは品物がちがう、はなしの筋がちがうというか。ちがうとすれば、どこがどうちがうのだろう。

乾隆という時代はわたしが好むところの時代である。これもコドモのときの西洋と似たようなもので、乾隆と名がつけば、わたしは飛びつく傾向がある。そういっても、この時代は六十年もつづくのだから、あたまから尻尾まで飛びつくわけにはゆかない。乾隆洋彩。せっかく乾隆と西洋と結構なものが二つかさなったのに、どうして美意識がこういう恰好に固定してしまったのか。形式上の発明が見えない。すなわち、意匠はあっても、そこに創造のリズムが感じられない。ということは、精神がどこかに消えてしまったことになるだろう。土をもって器をつくるということの、その器の日常性もまたしたがってうしなわれたようである。ぴかぴかの瓶の肌に西洋美人を描きつけて見せても、創造の意味が無いところに西洋というバケモノは出て来そうもない。技術が手をつくしてすすんでいるのに、こうである。わたしの目には、この連瓶は乾隆という時代に於けるデカダンスの部分をあらわしているかのように見える。わたしはデカダンスが気に入らないのではない。反対に、乾隆ともあろう時代に、デカダンスというおもしろいものをこのような窮屈な形式の中に閉じこめてしまったことが気に入らない。このしらばっくれた置物は歴史のどこの棚に置くのか。鑑賞陶器というか。ただこの鑑賞陶器にはどこか鑑賞者を小バカにしたようなところがある。それはわたしの気に入らないことではない。

今この連瓶を抱えてルーヴル展のひとごみに揉まれたらば、それはみじんに砕けるにちがいない。わたしの想像では、今日のごたごた系の場に散ったその破片はまんざらでなさそうにおもう。すくなくとも、破片は瓶の全体よりも材料としてましのようである。わたしは乾隆のこわれもののガラクタをひろって、反芸術のイメージの中に投げこむことにして、山をおりた。

夕方である。もう見るものはたくさん。わたしはなじみの鳥屋に行った。この店の鳥はほかの店とちがう。そこで、君子人の風儀に反して、ちょっと鳥鍋のはなしをする。これは結果に於て鳥屋の広告にはならない。というのは、この店で使う材料が限られているために、おおぜい客が来ると、ことわる仕掛になっているからである。

放し飼のシャモ。この放し飼というのが今日ではすくない。それもメスにかぎる。そしてメスはヒナにかぎる。ヒナとはタマゴをうむまえのメスという意味である。このヒナの骨に肉がついているままで、スープをつくる。老鶏のスープはアブラが大きく浮くが、ここのはキメがこまかい。ネギは草加。ちなみに東京のネギは草加越ヶ谷どまりという。これは市中の八百屋では手に入らない。八百屋であつかうものの中の最上は深谷産だそうである。ネギに霜がおりてからうまくなる。シャモもまた然り。したがって、季は冬。このシャモとネギに焼豆腐を添えて、スープ煮にする。注にいう、シラタキは入れない。たったこれだけである。ここまで書けば、このスープに味をつけないことはいうにおよばないだろう。すなわち、おろし醤油で食う。この大根おろしにまた講釈があるのだが、そうそう鳥屋の受売はしていられない。

膳立はいつもきまっていて、食うやつにわがままをいわせない。品物はついそこにある。食うか食わないか。すなわちわざわざ電話をかけて都合をききあわせるという手数をかけてまで、この狭い店に来るか来ないか、どちらかである。パリには行ってもルーヴルなんぞには見むきもしてやらないという態度もあるだろう。どちらかといえば、その態度はわるくないが、きょうはすでにそのルーヴルのこぼれものをのぞいて来たてまえ、わたしはこの鳥屋の仕掛には文句はつけない。いつもならば、このへんでへたくその句とか狂歌とかをひねって悪文の上塗をするところだが、どうも反芸術のイメージというものがあるから、俳諧もしぜん沙汰やみである。小説の方法についての思案もしばらく休止。時間がバカになったようであった。鍋の中には材料が然るべく配置されて、それがビンチョーの炭火で適度に煮えている。整然たる秩序であった。わたしはその秩序の中に箸を突っこんで、ぐるぐると搔きまわして、秩序の要素の一つであるネギをはさみとって食った。ふつうのネギとは味がちがうようである。これがうまいということだろうか。わたしはおそらく格別うまくもなさそうな顔をして食っていたのではないかとおもう。

（「文學界」一九六二年三月号）

居所

居所は音読する。連歌では、居所の体として軒端《のきば》、門《かど》、庵《いおり》、戸、窓、瓦、床《ゆか》、壁、墻《かき》、里なんぞをあげ、おなじく用として外面《そとも》とか庭とかをあげる。すなわち、家屋とそれに附属するもの、建物の構成に関係あるものの総称である。この建物にはもとより人間が住む。したがって、たとえば墻とはいっても、寺の塀、神社の玉垣のごときものをここにかぞえては誤だろう。げんに御階《みはし》だの九重《ここのえ》だのを除外しているところを見ると、王宮もきらわれたことになる。また里をあげて都をあげない。里といえば民家の立地条件のようにきこえる。たしかに人民のほかに人間らしきもののいるわけがない。一般に人間の生活がいくらか文明じみて来ると、居所という観念ができあがるのは自然の成行だろう。この観念が日本人の生活に定著するに至ったのは、なにも連歌の歴史に拘泥していうわけではないが、まあ室町という見当に踏んでおいてよさそうにおもう。さらに押しきっていえば、応仁の乱というものが適切なメドになる。

日本の人民の歴史は応仁の乱から書きはじめるのが妥当かどうか、ここに論じない。さしあたって、住居のはなしである。応仁以前にもこの国土に人間の生活がいとなまれていたかぎりでは、当然のこととして、都の第宅《ていたく》にしろ、鄙《ひな》の伏屋《ふせや》にしろ、そこに住むところはあったにちがいない。しかし、それが居所というに該当するものだろうか。寺には坊主、社には神主がたむろするとおなじく、亭館殿閣という建築には官人がたかって来て、おのずから官衙の状をなしたようである。これでは人間の住居よりも実質上ネズミの巣にちかい。こういうコケオドシの建築は焼ければ焼けたで、すぐにまた似たような代りが立って、ネズミの子孫は永代食いっぱぐれがないだろう。どこかのバカでかい門に火がつこうとつくまいと、伴大納言かなにかに心配させておけばよいことで、人民の知ったことではあるまい。ただ再建のための労力が迷惑にも人民から徴発されただけである。その人民の住むところといえば、葦の丸屋という風雅すぎる仕掛になっていて、嵐が吹きつけて来れば倒れもし、いくさがはじまれば踏みつぶされもする。それでも、始末のよいことに、小屋の材料は雑草同然のものだから、この再建は三つ葉四つ葉の殿づくりほどには手間がとれず、これも雑草同然の人間が性こりもなくそこに住みつくのに不自由しない。殿づくりの側も、小屋づくりの側も、こう自由のきいた世の中では、人間はなにをくるしんで居所という切羽つまった観念を編み出す要があったか。

いくさの火は殿閣とぼろ小屋とを差別しない。いくさの興行を請負うためには、武家というその道の達者がいた。そして、武功は琵琶をもって語りつたえるべきものであった。しかるに、応仁の乱となると、その発端に於て武家の興行に係ることはなお古例のごとくではあっても、実体はかえって先蹤《せんしょう》に似ない。というのは、この乱を支配した根柢のエネルギーは筋目の武家にはなくて、人民の中の足軽と呼ばれた相好さだまらぬ集団にあったからである。そこには平家物語だの太平記なんぞに見るようなめざましい合戦の記録はない。いや、そもそもこれがいくさといえた筋合のものかどうか判然としない。馬に乗ってにせの系図をなのりあげるとか、琵琶に合うようなはたらきをこころがけるとか、そういう芸にいそしんだのは尋常武家の俗悪な功名心であった。足軽はそれどころか、系図は泥田の中のうまれだから、あたふたはだしで駆けまわって、日常のべつにいそがしい。すなわち、酒をのみ、バクチをぶち、女を犯し、泥棒をし、その泥棒の便宜をうるために、ときどきは火をつけて、しぐれがふるぐらいの小ぜりあいをして見せる。ねらいは大将首ではなくて質屋の庫。人生観を一つにして、足軽どうしに敵味方はない。この見かけのいくさは雑草同然の人間群が編み出したあたらしい生活様式であった。せっかく生活上のトクになる小ぜりあいに、足軽はめったにいのちをうしなうようなドジは踏まない。ひとだねが尽きるおそれなく、黒いあたまが諸方におこって、乱は十年でも二十年でも末ひろがりにめでたくつづく。そのあいだに、堂塔亭館ぞくぞくと焼け落ちて、都が荒野となったのは必然のいきおいであった。官人の第宅が立ちならぶから、そこが都なのではない。雑草同然の人間が限なくはびこって、わいわいがやがや、生活横暴をきわめるところがすなわち都である。この荒野の灰を浴びたとき、京都は揺らずも近代都市の骨法をえた。これを乱世というか。いや、この乱世は人民がおのれの手足をもってひらいたものだから、そこに文明のいとぐちを見たほうが事態にぴったりするだろう。

世の中がここまで変化して来たのだから、生活の仕方のほうもおのずから芸がこまかくなる。ここにあつかうかぎりではないが、茶とか花とか能とか連歌とか、ひとはずいぶん智慧をしぼって、さまざまの発明をもって乱世に対応する。ぶちこわし一本では息がつづくまい。さて、その諸発明をぶらさげて荒野の灰の中に立ったとき、どこに息のつき場があるのか。やすらかな身の置きどころはどこにもないという羽目にぶつかって、ひとはようやく居所という観念を切実につかんだようである。地を相して住む。その地は里である。そういっても、いずこの里も灰か、あるいはいつ灰になるとも知れぬ定めのものとすれば、生活の拠りどころとしての居所の夢は灰に賭けるほかあるまい。一般に家屋の外は自然のはずである。もしそこがほんものの荒野ならば、わざわざ垣を結《ゆ》って堺をつけるにもおよぶまい。しかし、焼野原が自然といえるものだろうか。垣は灰の連続を切断して自然を内部に保とうとする。垣の内側にはなにがあるか。居所はどうしても庭という考にぶつからなくてはすみそうもない。

連歌では庭は居所の用としてあるが、用はかえって居所の体をきめるかのごとくである。

家屋に縁があり窓があるから、そのさきに庭があるのではない。そこに庭があるから、縁があり、窓がある。もし遠く高山を見るとすれば、また近く流水に臨むとすれば、その山も水もまた庭の中に取りこめられる。高山流水と庭とのあいだには、距離は無きにひとしい。へだての地をうずめているものは灰である。灰すなわち人事。ひとは人事をぶったぎって直接に自然とぶつかる。遠山を軒端に見るということばは、そのためにある。後世では借景なんぞとセチがらいことばを使って、となりの妾宅のひょろひょろした松の枝ぶりをながめながら、ついでにオメカケまでタダで借りたようなやすっぽい料簡になっている。かの軒端のながめは高山流水をだまって借りたのではない。庭という人智をつくした造営が自然をうばったものである。これはタダではない。目に見えないところに、人生観という血の出るものが投げ出してある。庭は人間がつくったものにきまっているが、それは垣の外の灰に対してつくったのではないか。この庭にむかって縁さきに坐せば、茶の一杯ものみたくなるだろう。そして、束の間にはしても、ほっと一息ついたとすれば、ともかくその場におちついたということ、そこが気に入ったということになるだろう。そういっても、草を結べば菴。これを解けばもとの草。その草に火をつければたちまち灰。所詮は仮の宿である。そこにおちついたの気に入ったのということは、人生に於てなになのか。このとき一言芳談集の中の有名なことばが虚をついてひびくにちがいない。

「居所の心にかなはざるはよきことなり。」

坊主もたまにはひやりとするようなことをいう。仏法では心観をおもく考える傾向があるから、なにかといえばすぐ心である。心のぜいたくには附けるくすりがないもので、おちついたということがおちつかない。また気に入ったということが気に入らない。おそらく遠くに死を見つめているので、こういう一言がずばりと吐けるのだろう。心観すなわち死観に通う。ちなみに、居所という観念と抛棄という観念とはどうも発生的に因縁があるようにおもう。居所を抛棄すれば、旅に出るほかない。大むかしには諸国に旅をするものは弘法とか行基とか役行者《えんのぎようじや》とか伝説的人格にかぎっていたようだが、世が下っては、坊主の行脚はあたりまえとして、連歌師がよく旅に出る。ここにまた格別の生活の仕方があった。垣の外の灰の道を踏んで、四方の高山流水をめぐる。灰もタダ。高山流水もタダ。もっとも、そこには人生観どころかナマミの一生が賭けてあるのだから、タダほど高いものはないとはこのことである。しかし、ここからつい旅に出てしまっては、はなしにならない。それでは今日ぜいたくすぎるだろう。もっぱら俗物がよろこぶ居所のほうに逆もどりする。

気に入らなければさいわい、いくぶんでも気に入ったらば百年目とあきらめて、ひとは居所に住みつく。さてそこで茶をのむにつけても、水はもとより大切である。連歌の居所にはとくに水をあげていないようだが、生活にはこれを欠かせない。地を相するにはまず水を相する。井戸なり泉なり川なりがてっきりそこにあるだろう。ひとびとの汲むみなもとが一つならば、それが里の水である。このとき里ということばが生きて居所にむすびつく。後世では漢字を使ってはいけないとしかりつける口の下から、なんとか協同体なんぞと、素姓の知れぬ漢字をならべたがるが、むかしは里の一字で意が通じた。連歌のたしなみがあると、はなしが早い。そこの水源がゆたかであったとしても、ヒデリがつづいたときはどうするか。心配したものでもない。小野小町の末裔にでもたのんで、歌の徳をもって八大龍王を招かせればよい。荀子にいう。雩《あまごい》して雨ふるはなお雩せずして雨ふるがごとし。そういっても、荀子よりはやっぱり小野小町のほうがいくらかキキメがあるとおもうことは、ほとんど天を信ずるにひとしい。かりに政府を信じたとすれば、陳情団がどうしてくれるとねじこむところだろう。これはどうにもならないにきまっている。天と政府ごときものと、まさかいっしょにはできまい。たしかに、天にまかせてしまえばいずれどうにかなる。里の観法は後世の陳情ほどにはバカでなかった。一般に、人間どうも居所におちつくと人生観上では楽観を取るにかたむくようである。今日でもおそらくそうだろう。

むかし……遠く室町にさかのぼるにおよばない。つい近く大正のはじめごろまでは、東京の町のあちこちに、個人の家のことにして、あまり実用にはならなくても、なおツルベか車の井戸が残っていたのはめずらしくなかった。下町のごたごたしたところでは、横町の隅に、これはまれではあったが、長屋のひとの洗濯ぐらいには使えそうな井戸すら見かけた。井戸はともかく、水道の共同栓はざらにあった。すなわち、長屋の水である。今日ほどのひどい断水はなかったようである。もっとも、共同栓は極寒にはときに氷る。そのとき、ひとは天をたのまず、歌の徳も借りず、政府はもとよりあてにせず、ただワラを信じて、ワラをもって栓をつつめば、水は奇妙に出た。ところで、庭はどうであったか。もし南天の一株ぐらい、ヤツデの二株ぐらい、または朝顔の鉢の五つ六つぐらい置いた地べたな庭と呼ぶことができるとすれば、長屋にも庭はあった。それだけの余地すらなかったとしても、箱庭はありえた。当人が手ずから作った箱庭と、植木屋まかせの虫歯がうずくような百坪の庭とくらべて、美的価値の有無はしばらく措き、人生観の影はどちらに宿ったか。おちぶれた高山流水のおもむき、かならずしも箱庭に存せずともいえまい。また文学は……これは連歌にまでは遠すぎて手がとどかない。しかし、ハイクの一つもひねって、住みついた長屋ぐらしに、むやみに人生をたのしみたがるような、朝湯にのぼせた風流人はちらほらした。ひいき目の錯覚をはたらかせれば、居所の体用、だいぶ相場はさがったが、都に鄙あり、横町という里に、まあ箱庭の山水ほどには形式をつたえたと見えないこともなかった。こういうことを伝統という。おまけに、たまには長屋からボヤの一つも出そうというそそっかしいやつもあったのだから、灰の支度まで器用にととのっていたことになる。

すでにして、井戸はほろび、共同栓は駅とか公園のほかになく、水道といえば家家給して、ちょっとロビネをひねれば、水がざーっと……そうはゆかない、ぽたぽた垂れてくれるという文明の世の中になった。今日の東京のはなしである。水源すでに涸れて、人事はまちがってても尽しっこないのだから、天もあいた口がふさがらず、またよくしたもので、ワラさえ信ずる人間もいない。したがって、どこの横町をめぐっても、里の清水なんぞに影はうつらない。いったい東京というところはいつから水を目のかたきにするわるい癖がついたのだろう。水と見れば、さっそくこれを埋立てて、カネ一升の土地にする。おもえば江戸は水都であった。赤坂の溜池のごときは、今では舶来の車屋が軒をならべているが、むかしは不忍につぐ蓮の名所として、頼春水《らいしゅんすい》が舟をうかべてここに遊んだ詩もあった。隅田川は、わかりきったことをいうが、もとはまっくろな溝ではなかった。流水は東京に絶えたようである。そのくせ、今日の埋立きちがいはまた一方に切崩しきちがいでもある。もとから山の無い東京の、すこしでも高いところと見れば、これをひらべったく圧しつぶしたがる。かりに九段坂を人力車でのぼるとして、もはやあと押しの立ちん坊を必要としないだろう。文明には普及ということがつきものだが、高山流水みな一様にぺちゃんこになって、横町の隅にまで行きわたったのは扁平思想である。

扁平思想の餌食になったのは、山よりも水よりも、じつは人間のほうだろう。げんに、その住むところはもはや居所というものではない。長屋はとうにかたちを消して、アパートが立っている。その大きい建物の中の、どれも似たような部屋の一つがひとの寝たり起きたりする場所である。窓から空は見えても、庭は見えない。団地の庭というものがありうるだろうか。そこには箱庭すらあろうともおもわれない。いやなことばだが、個室という箱の中にひとはいる。これは一応は居所の観念から解放されたもののように考えられないこともあるまいが、どちらかといえば、扁平に規格された箱の中でぺちゃんこになっていると考えたほうが実状に妥当するだろう。そこは個室なるがゆえに、ひとは個でありうるという都合のよい計算にはなりそうもない。何羽かの雀が物干竿にとまったように、個であるべき質点が一ならびに陳列されているけしきである。心にかなうもかなわないもあったものではない。すなわち、心観を発する転瞬の機は空からふって来ないようである。むかしの居所にはまだしも居所を抛棄するという行為、すくなくともそういう考がありえた。個室を抛棄すれば、どういうことになるのか。あいにく、旅という生活は地を払って今日にありえない。個室の外には、ぶっつぶされた山水が待っているだけである。

そういっても、個室にいながら、思想にだけは不自由しないだろう。思想はうんざりするほどたくさん各種の型が出そろっているのだから、ひとは任意にこれを取って、積木あそびのように立てたり崩したりすることをはばからない。むかしは連歌、今は積木。ただこのあそびはどこにも精神の出口を示さない。連歌師は灰を踏んで名山大沢をめぐった。積木もまた灰の上に立てなくてはあそびになるまい。

灰は先年の大いくさでもうたくさんだというか。しかし、かの大いくさは人民がみずから欲しみずから求めてぶっぱなした事件ではなかった。なにやつかの奸計に依って撒きちらされた灰のあとから、足軽がわらわらと焼跡にあらわれて、ろくな拾い首もないのに、おのれの手柄顔に駆けまわったもののようである。それは応仁の乱の灰とは品物がちがっていた。したがって、灰に対して庭をきずいたのに相当するような、みごとなあそびはまだ発明されるに至らない。人民がたまにはわが手で乱をおこしてみることは、文明上の効果からいって、まんざら毛ぎらいしたものでもなさそうである。

（「世界」一九六二年八月号）

宗達雑感

この風神雷神はおかしな面相をしている。このおかしみは鳥羽僧正の蛙のようでもなく、また古今集の俳諧歌のようでもない。長いあいだ雲の中にしかめつらの癖がついた鬼神といえども、天下晴れて金地著色ぴかぴかの二曲一双の世界に突き出されると、しぜん戸まどいしてこういうつらつきになるのだろう。画家の世界観の照らし出すところ、鳴るいかずちも龍巻《たつまき》もかたちを取って正体をあらわすことかくのごとし。このような寛闊《かんかつ》な世界観は公卿だの坊主だのの細工ではなくて、どうしても江戸初期の京の町衆の発明にちがいないとすれば、これを画図に打出した大力量のものはまず宗達というところにおちつく。鑑定のはなしではない。けだし歴史の必然である。いや、歴史のはなしでもない。ひと目みれば、屏風の世界に宗達がいる。

蔦の細道といえば、伊勢物語の宇津の山辺のこころいきである。これをえがいて金地に緑の六曲一双とすれば、むかしを今に、たちまち宗達の世界となる。意匠が緑の濃淡と柔軟な線とに依ってまかなわれているのは、家の業の扇屋の幾何学だろう。この幾何学は後世にうけつがれて、琳派の骨法となる。図に賛して歌数首あり。烏丸光広《からすまるみつひろ》筆という。その一首。ゆかて見る宇津の山辺はうつしゑのまことわすれて夢かとそおもふ。しかし、ここはからっぽの通い路ではない。この宇津の山辺はうつつにも夢にもひとに逢う道か。すなわち、宗達の生活の場である。烏丸大納言もまた夢かとおもうぐらいにはここに来てあそんだのだろう。そういっても、図にかさならぬように書きこまれた歌の優雅な筆蹟は、この場ではどうも力がよわいように見える。つよい表現は依然として図にある。つよい表現とは自由な表現という意味である。おもえば、宗達の金銀泥下絵にぶっつけに筆をつけた光悦の奔放な書こそ、かえって宗達には精神上の好伴侶であった。もしこの蔦の細道の屏風が宗達筆ではなかったとしても、それが伝宗達でまかり通るぐらいには、わたしのいうこともまた的はずれではないだろう。

ところで、宗達とはなにものか、これと光悦との結縁がどれほど深いものか、今日の専家の研究をもってしても、まだその詳細を正確に突きとめるまでには至っていないようである。また宗達真筆と世に許されるほどの名作は、おおかたなにはどこと所在がきまっていて、すでに鑑賞の目が行届いていることだろう。したがって、じつは素姓不明のこの画家についてとくに新発見というような著眼はめったに示すことができない。しかし、画の来歴がどうであろうと、画の世界はおのずから現前する。すでに秀霊とみとめられたものを大宗達と立てて、かならずしも真贋をさだめがたい他の多くの小宗達を照らして見るほかない。画のはなしでは、世界の鑑賞はしぜん品物の鑑定につながる。鑑定に深入しすぎては芸術から離れてゆくおそれがあるだろうが、その危険を踏まえて、真贋いずれかの蓋然性の波を突っ切らなくては芸術の真面目にたどりつけないという事情は、一般の習にはしても、とくに宗達鑑賞上おもしろいところだろう。

扇面の中のあるものを例に取れば、タラシコミとか没骨法とかいう技術に宗達の発明は見えながら、当の宗達がどうもそこにいるようには見えないということはありうる。理窟をいえば、技術はもと自由な表現として発明されたものだが、表現の形式がすでにできあがって精神がすこしは手を休めてもよさそうになったとき、事にあたる画家はかならずしも当人であることを要さないともいえるだろう。まして宗達は素姓不明とすれば、たれが宗達であってもかまわぬといえるかも知れない。しかし、理窟は一つだけではない。精神は元来手を休めるということを知らぬものである。画家の手が入替ったとき、せっかく発明された自由な表現は自由であることをやめるのではないか。そうとすれば、宗達の手が直接にはたらいたものと納得しかねるような扇面は、宗達幾何学ではあっても、この画家の名をもって伝えがたいことになるだろう。またしかし、すべての理窟はつまらぬもの、すくなくとも窮屈なものである。うつくしい扇面があれば、それが宗達筆であろうとなかろうと問うにおよばない。いや、それに宗達の名をかぶせなくてはすまされないところに芸術上の意味がある。様式が立って、はじめて精神がそこにおちつく。宗達の扇面という発明の記念品はこれを複製して世にひろめるのにもっとも適したものである。宗達はなにものであってもよいという達観と、やっぱり宗達だという認識とは、複製の効果に於て矛盾しない。

ときに、複製といえば、西洋の油彩のことにして、ちかごろでは非常に精巧なものができるようになって、この技術をもってすると実物そっくりに作ることは可能だそうである。この複製と実物とをならべたとき、気のせいにも、目のまよいにも、見たところちとの差異もありえないだろうという。しかし、商人はそれほどの複製を作ろうとはしない。それは値段がだいぶ高くなるというのみならず、作っても売れる見込がないらしいからである。複製の普及は個人の所有慾を満足させない。古今の名画といえども、向う三軒両隣の壁にぶらさがっていてはおもしろくないというのだろう。まして原画の所有者はなおさら。どうも蒐集家がもとめるのは独占であって感動ではないようである。美術雑誌の図版でさえひとは感動するときは感動するが、複製がさばけるかさばけないかはまた別のはなしと見える。

宗達と名のつくものは、小さいものにして、牛とか兎とかの墨画はよく見かける。真赤なニセモノの大作は論外として、これらの小さいもののことごとくがいけないと、見ずにきめつけるわけにもゆかないだろう。落款印章なんぞはあとから附けることができるのだからきめ手にはならない。一般にニセモノの氾濫をおさえるためには、ホンモノの複製を普及させるのが一法のようにおもう。商人はニセモノの複製を作ってもおそらく利を見ることはできまい。しかし、個人にむかって所有慾をなくせというのが無理な註文とすれば、ホンモノの複製の普及に依って宗達の流風を整理するのは当分望みがたきところか。われわれはめんどうながらまだまだ真筆とみとめられた宗達を歴訪して、ときどきはニセモノとも附合いながら、流にしたがって光琳以後に下るという道筋を踏むほかかない。

（筑摩書房版『日本文化史』5付録・一九六五年五月）

倫敦塔その他

「倫敦塔《ロンドンとう》」。これはすげえものだと、わたしは一も二もなく感服した。おもえば、西洋のはなしには至ってよわかった。今から何十年かまえ、わたしが中学校にはいって匆匆《そうそう》のことだから、年代は大正とあらたまって間もないころである。漱石先生のものというと、わたしはいまだに「倫敦塔」からかぞえる癖がついている。そして、当時すでに有名であった「猫」はこれもおなじころに読んだことは読んだが、今日となって「猫」の印象はあまりつよく残っていない。

「倫敦塔」の主人公は塔の門に入ったとき「余は此時既に常態を失って居る」という。わたしが気に入ったのはおそらくそこである。常態というやつはむかしからどうもおもしろくなかった。たとえば歴史の本にしても、天下大いにみだれてまさに中原に事あろうとするくだりは読むのに張合が出たが、学問芸術がおめでたく栄えるような間のびのした時勢になって来たところはがっかりしたものである。「倫敦塔」は、あとから見ると、謂うところの自然主義にかたむきかけた文学の世界に事あらしむべき運動のきざしであった。いや、余事はともかく、読者であるわたしは主人公の案内に依っておなじように常態をうしなってゆくという有益な経験をえた。そういっても、中学下級生の読むものとしては、これはそうやさしくはない。やさしくておもしろいものといえば、まず「坊っちゃん」ときまった。

この坊っちゃんは「江戸っ子」ということになっている。江戸っ子とはなにか知らないが、この人物の口をついて出ることばはわたしも知っている明治の東京人の日常用語にちがいない。ことばとともに、また感情も。坊っちゃんがタンカをきる。紙鉄砲のようにぽんぽん単語が飛び出す。これは当時のこどもが聞きなれ使いなれたあくたいのボキャブラリイであった。また坊っちゃんが質屋のむすこの勘太郎と取っくみあいをして「足搦《あしがら》をかけて」これを倒す。このアシガラというのはわれら悪童が日常の遊戯すなわち喧嘩のときに好んでもちいたキメ手であった。後世のことにすれば、まあカラ手チョップというようなものだろう。坊っちゃんはのべつに短気をおこしているが、決して人間は見そこなわない。一目でずばりと位どりをつける。そして、そのさきの人間関係には深入してゆかない。関係をさばくにあだ名をもってする。あだ名はときには親和ときには切断に相当した。これは明治の東京の、おとなくそを食らえ、こども気質といえるだろう。「坊っちゃん」という小説は、後世の本屋の広告のように、おとなのためのなんぞと、むだなツノガキを附ける必要はなく、わたしの読書体験上からいえば、これはそもそもこどもが読むのにぴったりしたこども文学に相違なかった。この本があまねく江湖にむかえられたのは、おろかなおとなどもが、わかっちゃいないくせに、浅薄にもこどものあとから流行を追ってこれを耽読して、ただ赤シャツがどうの山嵐がどうのと、だらしなくよろこんだせいである。

当時、文学とは縁のない一般の家でも、書棚のあるところには漱石先生の本が奇妙に二冊なり三冊なり置いてあったようである。わたしの家もまた同様に、鷗外漱石両先生の本は別格としてかなり長いあいだおおむねそろっていた。かなり長いあいだとは、それらの本をふくめていろいろな本がぽつぽつ書棚から消えて行った期間をいう。消えたのに不思議はない。どこの書生っぽでもすることはおなじ。せっかく家にある本をもち出して売りとばさないようなまぬけなやつがいるだろうか。そのハシタガネはまたすぐにコーヒー屋とかカッドー写真とかに消えて、これはおろかなおとなどもを笑えた義理でなく、けむりのような始末であった。ただし、この始末には結果的にいくぶん先見の明がなかったともいえない。つい何年かのちに都合よく、すべてを焼き払った大正癸亥の地震というものが控えていたからである。奇書珍籍というほどでもない本ならば、読んでしまったあとはさっさと売りとばすもよしと、わたしはそのときさとった。そういっても、この青二才のサトリはあてにならない。現在わたしはわずかに座右に集めえた古本をいそいで売ろうとはおもっていない。

かの地震のあと、大正の末ちかく、わたしは田舎の語学教師に落ちて行ったが、そのおり行李の中にどういうわけか漱石先生のちっぽけな本がたった一冊まぎれこんでいた。今日でいう新書判の型で、「夢十夜」が収めてあった。わたしはその中の一章、運慶が護国寺の山門で仁王を彫るというくだりをテーム（作文）の教材に使ってみた。わたしの未熟なフランス語をもってこれをどう訳したかは今さっぱりおぼえがない。ただなんとなく漱石先生にいくらか迷惑をかけたような気がする。

（岩波書店版『漱石全集』第二巻月報・一九六六年一月）

仏界魔界

丁未十月、奈良の寺めぐりにまかり越したおりに、たまたま当地の博物館に仏像の特別展覧の催しがあった。かくれもない荘厳な仏だちがそこにならび立ったのを、漫然とながめて行くうちに、たちまちガラスごしにくろぐろと、一体の小さな木像がひそかにうずくまっているのを見た。かたわらの貼紙に如来形坐像、平安前期、東大寺蔵として、さらにみじかい説明が附してある。

説明に依れば、この一木彫は良弁《ろうべん》僧正の念持仏として伝えられたものだそうである。またこれには「試みの大仏」という名があたえられて、下から見あげて拝すべきものだという。この「試み」ということばの意味がわたしにはよく呑みこめないが、それはそれとしておく。年代の考証もさしあたって問うところでない。ただこの伝承をよろこぶ。すなわち、東大寺の大仏創建の盛儀をつかさどった開山僧正の、かりそめにもこれが念持仏であったという所伝を、わたしはおもしろいとおもった。そして、下から見あげてということは、注意をまつまでもなく、木像の姿勢がそれを要求している。

たしかに、これはガラスの前に立ちながらに上から見おろすべきものではない。というのは、てのひらにつかめるほどの仏頭が低くうつむいているからである。坐像の大きさは両手に捧げてもてるぐらいのもの。これを然るべき台座の上にでも置けば、見あげるに頃合だろう。いや、こういっては美術品の鑑賞のようなことになってしまう。この場で美的価値なんぞにもたもたすることはない。そもそも、仏だちの微妙な林の中にひそんで、ずんぐりむっくり、曰くありげに顔を伏せて、まっくろにうずくまったこの像の風態はなんとなく無気味にすら見えた。仏前をおそれずにいえば、この如来さんはどんなつらがまえをしているか、面相みとどけるという気合で、わたしは腰をかがめてのぞきこんだ。

とたんに、どきりとしたといってはいいすぎだろう。しかし、ただ見る、両眼は白濁のあやしい光を放って、ちかづくものを射すくめおびえさせるにたりた。ひとを呪縛して石にでも化そうというすごいけはいである。これが如来というものだろうか。もしこの像が夢枕に立ったとすれば、かならずや夢魔にちがいない。夢にもひとをおちつかせないあやかしのようである。そこのガラスの中の片隅は陰陰として暗く、一瞬洞窟の闇にただように似た。この魔はいったいどこの洞窟から抜け出して来たのか。わたしはかなたの東大寺大仏殿に鎮座する大仏の胎内の闇をのぞいて見たようにおもった。

たとえばかの中宮寺《ちゅうぐうじ》の弥勒《みろく》をうつくしい女人像としてながめたとすると、そのおなじ目をもって見れば、このまっくろな如来像はみにくい怪物ともいえるだろう。そういっても、これは形容に於てやっぱりホトケであって、ホトケにしたがう守護神ではない。すなわち、八部衆のような異教の神にして仏法に帰依したものとは、もとよりたちがちがう。八部衆の中でも、世にきこえた興福寺の阿修羅のごときは、その魔性をもってうつくしい。いや、すでに仏界に入った魔性なればこそ、うつくしいというわけかも知れない。しかるに、この如来像がホトケの座にありながら怪異の相すさまじく見えるのは、その顔を突き出したところにおのずから仏界に於ける美意識が破れたことになるだろう。

ホトケが魔のように見えるということは、あるいはこの木像の置きどころがまぢかに低すぎるせいに依るものか。もしこれをもっと高く、台座なんぞではなく、屋根を突きやぶってさらに高く、はるかに雲の上に押しあげたとすれば、どうだろう。そのとき、妖相すでに消え、仏性あきらかに現じて、魔かと見えた顔はたちまち正真の如来の顔となって照りわたるもののように、わたしは想像する。想像には理窟の根拠はない。ただわたしの目中には大仏殿の大仏、とくにその蓮弁の一つがある。かの蓮弁の毛彫に、華厳の世界を象徴する図柄をあらわして、天きわまって雲上高く、如来の顔がそびえている。その顔が天平の大仏の原形に似かようかどうか考えるよしもないが、およそ大仏といえば仏頭は雲表にかがやくべきもの、諸人これを八方から仰ぐべきものだろう。大仏はどれほど巨大であっても巨大に過ぎるということはありえない。またこの大いなるものの胎内が無意味にがらんどうであってよいとはいえまい。そこの闇の中には、まだかたちを取って発するに至らないすべての力が混沌としてひしめきうなっているのではないか。仏性魔性を問わず、まして善悪邪正のごとき末節を論ぜず、清も濁も、美も醜も、一切の定まらざる力の根源を胎内に呑んで、如来像はよく無辺際に巨大でありうる。華厳の事事無礙《むげ》の世界観からいって、大仏さんがうっかり呑みこんだ魔性の毒に食あたりをおこそうなんぞとは、とても考えられぬことである。

その大仏の胎内にひそんだものの一つがぽろりと博物館の床にころがり落ちて、俗界の光にあたると、それが魔のような顔をあらわしたにしても、やっぱり仏界のものであることにかわりはない。魔かと見ればホトケ。ホトケかと見れば魔。つまり、うさんくさいやつである。夜長の伴として、おもしろくないこともないだろう。良弁僧正がもし伝承のごとくこのあやしき木像を念持仏にしていたとすれば、さすがに開山の大徳だけあって、なかなかの法力とおもうほかない。

おなじく東大寺のことにして、重源堂《ちようげんどう》をのぞけば、堂のまんなかには旧に依って枯木の老師像がちんまりと坐したのに、うしろの隅にあたって、厨子《ずし》の奥くらく、みずみずしい愛染《あいぜん》明王《みようおう》が花やぐにおいをかくしている。俊乗坊と愛染さんと、なにかの因縁か、あるいは偶然か、このたくまざる配置の妙はわたしの気に入らぬものではない。いや、妙なんぞというのは妥当でないだろう。それは俗物のくちばしることである。華厳の法門に入っては、枯木だろうと花だろうと、なにがなにと立ちまじっても、およそ俗界におこりうるすべての現象はおのずから仏界のけしきの中に吸いあげられて行き、また吐きかえされて来るようである。

二月堂縁起に依ると、遠いむかしのはなしに、修二会《しゅにえ》の夜、僧なにがし過去帳を読みあげたおりしも、たちまち青い衣をきた女人があらわれて、わが名を読みおとしたことをうらみなげいて消えうせたという。過去帳に文句をつけて来るようなやつは、唐山の稗史小説の流儀でいえば、鬼にきまっている。こういう女人の鬼の中には、ずいぶんうれしい世話女房に化けてくれるやつがいないこともない。しかし、たちのよしあしに係らず、桑門に女人はどうも無用のものである。まして女人禁制の修二会の夜に、僧の見たまぼろしとしては、これはてっきり魔のかたわれだろうではないか。魔は美女であってもよし、魚のしっぽであってもよい。勤行の途中にちらちらするのは化性のものである。そのまぼろしの魔までついに過去帳に読みこんで成仏させてしまったというのは、宗門の微旨に叶って念の入ったことである。

すでにして、車は……東大寺は行どまりではなくて、逆にそこから奈良の町は田園にむかってひらけているのだから、車はおのずからイカルガの里アスカの里のほうにすべり出して行く。聖武天皇領から聖徳太子領にさかのぼって行くおもむきである。ただし、法隆寺には立寄ることができない。ここは門前に観光バスをつらねて俗界繁昌、おなじ俗物のわたしですら足を踏み入れるすきがなかった。ついで法輪寺、法起寺《ほうきじ》と、ざっと見めぐったあとで、ここに余事を一つ書く。片桐石州の慈光院《じこういん》というところがある。この江戸の産物は奈良の土地ではどうも場ちがえの浮きあがりに見える。茶室という後世の人智の細工物には、ホトケも住まず、魔のちらつきそうなけはいもない。庭のつくりもまた現代という時間に堪えない。手もなく小公園という分類になるだろう。この場で薄茶なんぞをのまされるよりは、興福寺前あたりで奈良茶飯でも食ったほうが衛生的によろしい。

車はやがて桜井の聖林寺《しょうりんじ》にむかう。ここの天平の十一面さんをたかだかと見あげて、わたしもいくらか美術づいて来たが、すでに日くれにちかく、またアスカのほうに逆もどりして、道のついでに橘寺《たちばなでら》と岡寺《おかでら》をのぞいて、きょう一日はこれで打止めと、最後に畑の中の飛鳥寺《あすかでら》に行った。

飛鳥寺は寺といえば寺、どちらかというと、中ぐらいの賤《しず》が伏屋である。ただこの伏屋にまで観光バスの効果がおよんで、こどもの一群が飛びまわっているさいちゅうであったから、おちおち見ているひまがない。ここで見るものは飛鳥大仏一つ。この金銅の坐像は東大寺の大仏よりも百何十年か古いと称するが、大きさに於ては比すべくもなく小さい。また逆にかの「試みの大仏」にくらべると、もちろんずっと大きい。すなわち、観念的には伏屋なみ人間なみである。そのうつむき加減の面色をうかがえば、ホトケの威ありとも見えないが、魔の気息でもない。ということは、これは東大寺の大仏の胎内に呑みこまれそうでもなく、またおのれの胎内の「試みの大仏」を呑みこみそうでもなく、双方に素知らぬ顔のふぜいである。大ぶりの手は土にしたしみなれた農夫の手をおもわせる。黙然とにらみをきかせているのは土から生え抜きという貫禄だろう。ただ田野の一老翁。このあとにまちがっても閑雲野鶴とおもわせぶりのつづかないところが奇妙である。まだあぶらけは切れず、老というほどの年配ではないのかも知れない。失礼だが、田舎のおっさん。百何十年か後にあたらしい大仏が奈良の都に立ったと聞けば、御当人がのこのこ見物に出かけたかどうか。床に坐したその膝もとを後世のガキどもが駆け通って、あたまからほこりを浴びせられようと、それしきがなにか。ただし、この老翁、夜陰にひと去って畑に霜がおりたとき、やおら腰をのばして、古狸の腹つづみ、どぶろくの瓶に酔い伏したとしても、わたしはそれをあやしまない。

（「太陽」一九六八年一月号）

コスモスの夢

揺籃《ようらん》という観念はどうもわたしとは縁がないようである。こういう出題をぶつけられると、あっけらかんとして、すぐにぴんと応えるものが当方にない。幼児をそだてるように、あるいはすやすや眠らせるように、文学をはぐくむ籃《かご》がどこかにあるのだろうか。これはわたしには考えにくいことである。籃の中の幼児といえば、まず捨子のイメージが目にうかぶ。身におぼえがあるわけではないが、このイメージはわたしの気に入らぬものではない。それがいくらかでも気に入ったかぎりでは、おれはもしかすると捨子だったんじゃないかとおもう権利を身につけたことになるといってもよいだろう。

すでに捨子とすれば、出生は不明のはずだが、ものごころついて生きていた土地は浅草であったから、捨てられたところはいずれ観音堂の下か、見世物小屋の裏か、吾妻橋《あづまばし》のたもとか、あるいは向島の堤か、音曲《おんぎょく》を流しても似合いそうな然るべき場所にちがいなく、道具立に事は欠かない。因縁はおそろしいもので、少年のわたしがうろついたのはおおむねこの界隈であった。地理的には小規模でも、捨子の放浪のはじまりである。ただこの界隈は今日とちがって、隅田川という滄浪《そうろう》の水がまだあさましいまでに濁るには至らなかったから、にぎやかなところは夜でも気がちがうほどごったかえしていた代りに、しずかなところは昼でも死にたくなるほどひっそりしていた。すなわち、半分は調子がおかしく、半分はユーウツじみたガキが一箇、心理的気象の晴曇のままにぶらぶら、実状はだらしなくあそびほうけることに日夜つとめてやまなかった。あそびの癖。そういっても、まだオトナの無頼ではない。コドモはコドモなりに、あそびにおける人生の発見であった。これが文学となにか関係があるのかどうか、当人の知ったことでない。

浅草のにぎやかな部分について、土地の繁昌記とか、むかしの見世物の評判記とか、わたしはそのたぐいのものを書いてみようというまちがった料簡をおこしたことは、すなわち無用の郷愁に侵されたことはついぞ一度もない。郷愁のカスを残さないものが巷である。浅草というところは、そこに巷があったから、こまかくいえば大通、小路、横町、抜裏、行きどまり、ときにぽかんと空地なんぞが解きがたい網の目を張りめぐらして、足のむくさきにカツドー写真、オペラ、小芝居、寄席、曲芸、球乗、手妻つかい、大道芸人、香具師《やし》、娼婦、ごろつき、スリ、タカリまでいっしょくたに配置されていたから、この場は当時のわたしの生活にとって必要な地域であった。巷をうろつくやつらは、大ゲイジュツ家だろうと、泥棒の手下だろうと、袖すりあえばしたしい仲間、すれちがったあとはハナもひっかけない赤の他人と相場がきまって、その他人のすること考えることを頭痛にやむにおよばず、めいめい古事記にいう「山さちも己がさちさち、海さちも己がさちさち」にいそがしく、後の悪人が編み出した連帯という思想の縄で自分の首をしめたがる癖はそのころ流行していなかった。

このにぎやかな部分がもとより世界の全体ではありえない。部分の内側からいえば、外がある。他人はともかく、わたしのことにして、外とは向島であった。ただし、浅草の延長としての向島である。吾妻橋をわたって知らぬ他国の下総に行くのではない。今戸の河岸から、竹屋の渡しに乗って、つい向うの三めぐりの堤につく。あたりの名所のごときはどうでもよい。堤をおりて、またすこし延長して、かなたの百花園までのあいだ、百花園はこれまたどうでもよし、その途中にひらけた天地はわたしにとって異象にみちた別世界であった。今日ではおそらく想像もつかぬ人工的自然の演出がそこにわたしを待っていてくれた。ちなみに、年代はというと、これは明治末から大正のはじめにかけてのことである。

むかし、江戸の染井あたりでは、広益地錦抄の例に見るごとく、植木屋にしてたしなみ浅からぬものあり、さまざまの花卉草木をそだてて園を作っていたようである。大正のはじめごろまでは、向島の堤のかなたにちとの畑が残っていて、その間、園というほどまとまった規模ではないが、四季おりおりの花木を栽培するものを見た。ただし、地錦抄のおもむきではなくて、そこに作るところの植物は西洋種の草花が多く、ダリヤ、パンジイ、薔薇も少少、ネムの木、ゴムの木のたぐいは尋常のふぜいにしても、中についてもっともわたしの目を打ったのは、ポプラの光る木立のはてに、波うって咲きみだれたコスモスの一むらであった。まさに絶景というほかない。後年のコンクリートずくめのなんとか区なんとか何丁目では根こそぎ亡びて返らぬまぼろしだろう。じつは、このコスモスの波間に、わたしの「西洋」がひそんでいた。こんこんと夢の泉の吹き出る不思議な国。その消息については、たれにも語ることではない。ガキの秘密であった。そして、当時のわたしのぶらぶら地図では、くだんの絶景は浅草の縄張うちに編入されていたものである。

わたしは浅草のにぎやかな部分をうろついたあと、ときどきこのコスモスの一むらに来て、疲労も、興奮も、飢渇も、快楽も、ガキにはガキの哀歓も、宝物を埋めるように、あるいはガラクタを燃すように、すべてわたしの「西洋」の中にぶちこんだ。わたしの夢はおそらくそこから芽をふきはじめた。捨子の夢は火の夢である。わたしは「文学」を焼いていたのではないかとおもう。

(『新潮日本文学』33「石川淳集」月報・一九七二年九月)

椿

清水崑《こん》さんが在世のころ、さるところの肖像画展の催しに、わたしの顔もその中に一枚入れてくれたことがあって、えがかれた諸家がめいめい讃をするという趣向に応じて、悪筆ながら腰折一首を書きつけた。

大虹の椿花さく空かけて春のかなしみ燃えわたるかな

ときに昭和辛亥の春さき、たまたま拙宅の庭にその大虹が咲いていた。この木はもと下総市川の式場俊三《しきばしゅんぞう》さんから贈られたものである。これより一年前、庚戌の春のくれに、式場さんはある日突然小型トラックにこの逸品を積んで乗りつけて来て、手ずから土を掘って植えてくれた。わるくない不意打であった。木は今につつがない。狭い庭の中に花の木はすくないが、ただこの椿の一本が毎年冬と春との境目に火柱を立てたようにあかあかと燃えて出る。沫雪がふりかかろうと、見るまに雪が溶けるほどに、派手な大輪の花の色はおびえることを知らない。そういっても、からりと晴れた朝がもっともよい。どこかに祭の太鼓の音がきこえるような、にぎやかなけしきである。

大虹は椿の変種の一である。椿は古くよりあるが、多く変種を出すようになったのは江戸に入って町人さかえてのち、花卉草木の栽培に趣向をこらして、武家もまたこれをよろこべば、新種はぞくぞくとふえるばかり、その遺風が明治からさらに今にひきつづいて、椿だけでも何百種におよび、一一かぞえきれない。大虹とか大徳寺とかいうのは品種の名である。けだし源氏名に類するものか。ひとの好みはさまざま、佗助などは広くおこなわれるようだが、中について珍重すべきは朴伴にとどめをさすとやら。朴伴がいかによろしいものか、しろうとにわかりやすくいえば値段がたかいことだと、式場さんがいった。わたしも京都の寺の庭をめぐったおりにこの花の咲いているのを見たことがある。さわやかにして渋く、気品あふれて、捨てがたいふぜいであった。ただし、拙宅の庭は雑草がちょろちょろして、朴伴をむかえるほどヤニさがってはいない。

江戸では椿の新種の名ははじめ一本一名であった。一つきりである。先年わたしは漫然と古本をあさっているうちに、文化のころ、荻生徂徠《おぎゅうそらい》の弟物観の裔《えい》の華渓と号するものがみずから椿をつくって「荻生むるいつばき」となづけたことを知った。（このことはすでに他に書いたからここにくわしく記さない。）当時植物の新種に「むるい」という名をつけるならわしがあったらしい。椿はもと花のみならず葉をも賞玩することをつねとして、その風儀が江戸にはまだのこっていたようである。椿の歌は遠く万葉に出ている。これまた葉をよろこんだものか。花は古くは丸くて小さい。その白色のものはとくに万葉びとの賞するところであったと見える。つややかな広葉がくれに咲く白い花。玉椿というのがこれである。そのふぜいもまた葉がものをいう。荻生氏の「むるいつばき」も斑入《ふいり》の葉に特色をあらわしたが、上古の玉椿はそれとちがってわざわざつくった新種ではない。野生のもの。すなわち、万葉の椿はすべて藪椿であった。

椿の枝は堅くて杖によく、これを焼けばなめらかな堅炭となって、その灰またよしという。椿の園をつくるのはむかしは花をながめるよりも油を採ることを目的としたのだろう。ちかごろはみだりに野生の椿を伐るものが横行して、藪椿の数も山野にすくなくなったそうである。そういえば、町中でもおもいがけぬ人家の垣のほとりに、藪椿の何本かしずかに咲いているけしきをあまり見かけない。ヤブがとぼしくなるというのに、変種のほうは何百種も繁昌してはばからぬらしい。

椿の歌といえば、前述のごとくまず万葉である。

川上のつらつら椿つらつらに見れども飽かず巨勢《こせ》の春野は　春日蔵首老《かすがのくらのおびとおゆ》　（巻一）

あしひきの八峯の椿つらつらに見とも飽かめや植ゑてける君　大伴家持　（巻二十）

三諸は　人の守る山　本べは　あしび花さき　末べは　つばき花さく　うらぐはし　山ぞ　泣く児守る山　巻十三雑歌

このほかにもなお一二の例を見るが、古今集となると、花は梅桜藤山吹のたぐいが幅をきかせて、椿は出しぶっている。つぎに新古今集の中から一首を引く。

とやかへるたかの尾山の玉椿霜をば経とも色はかはらじ　前中納言匡房《まさふさ》（巻七）

これは賀歌である。玉椿はその後の歌集にもおおむね賀歌に使われる。おそらく荘子にいう大椿にもとづくものか。歌としては類型に落ちておもしろくない。ここには祝意をあらわさない尋常の歌を一首掲げる。新勅撰和歌集巻六冬歌である。

玉椿みどりの色もみえぬまでこせの冬野は雪ふりにけり　刑部卿範兼《のりかね》

この歌はさしたることもないが、かの万葉の巨勢の春野を冬にしたものと見てとれる。広いところにむらがった薮椿。みどりの色は葉にちがいない。それが古くは椿のイメージであったのだろう。今日では歌における椿の鑑賞はどうなっているのかわたしは知らない。俳諧のほうでは椿は春の季題である。古今の句集をさがせばさだめていろいろな句が出ていて、佳什《かじゅう》もあるだろうとおもう。しかし、椿といえばたった一句、わたしにはついに忘れ去ることのない句がある。

わたしは年少のむかし、向島弘福寺門前、淡島寒月翁の梵雲庵《ぼんうんあん》にときおりうかがって、これはなにも教を乞うというのではなく、ただあそびに行って、市隠の清閑をみだしたおぼえがある。翁はこどもの出入をうるさがらずに、ひまつぶしの相手にして、いつも風雅を語って倦まないような、遺落世事というおひとがらであった。座右には古書あり、奇玩あり、もとより筆墨もそろっていて、興が乗ればありあわせの紙に俳画らしきものをさらさらとえがいて、ときにはそれをほいとくれたりする。ある日、向島の堤に花が散りかけていたから晩春の一日か、翁はなにかのはなしの途中、ついと立って、縁側に出て、空を見あげながら、たれの句といったか、声低く吟じた。

ほろほろと椿の落ちるおぼろ月

翁はいかにも感に堪えたというふうに、口の中でゆっくり嚙みしめて、二度三度この句をくりかえした。よっぽど気に入ったらしい。ことばは翁の口調のままわたしの耳に深くしみこんだ。わたしはそのとき聞きもらした作者の名をついたしかめることなく過ぎた。じつは作者はたれでもよかった。句はほとんど翁の口号にひとしいものとして、いまだにこれをのみこんでいた。翁の俳諧は天明調好みであったから、たぶん暁台《きようたい》あたりの句ではないか。そのときから何十年後の今日に至るまで、わたしは無精のしつづけで、この作者の名をさがし出していない。いや、作者をさがすまでもなく、わたしは完全にこの句を納得してわすれない。

一本の椿の木に咲いた花は一度にそろっては落ちない。さくらの花が散るのとはちがう。

ほろほろと落ちる椿は一本二本でなく、何本もむらがって咲いた椿の花が、ここに一つ、そこに一つと、一輪ずつあいだを置いて落ちてゆくけしきである。また花は落ちても音は立てない。椿がほろほろと落ちるのを知るためには、一輪また一輪とこれを目で見ながら、何本もの椿をめぐってゆっくりあるかなくてはならない。これは狭いところではなく、春野のそぞろあるきである。おぼろな月の光にも、葉はみどりに照って、花はあかあかと……この花は玉椿の白にあらず、尋常の赤い色でないとしっくりしない。この月下の春野逍遥はかなり長い時間がかかる。まさに「つらつらに見れども飽かず」である。その物理的時間の上に、文学としては万葉このかたの歴史的時間がかさなって来る。後世の閑人が畳の上でこの句を賞玩するにしても、せめて縁側に出て、しばらくそこに立って、遠くの空をながめながら、ことばを口の中で噛みしめて、くりかえしてこれを吟ずるという時間に堪えなくてはならぬ義理はたしかにあった。わたしはむかし寒月翁をたずねてなにも教を乞わなかったといったが、ここに一句の鑑賞法について揣らずも実地の教をこうむったことになったようである。翁はこの一句をわがものとしきるまでに、そこに生活ぐるみぞっくり溶けこんでいたのだろう。

万葉の椿がヤブであったように、この句の椿もまたヤブにちがいない。いにしえは野に雪がふっても、雪の下になお椿は御息災でいたそうである。今は天気晴朗でも、いかにせん、ヤブの元手がへってゆく。わたしはかならずしもキンキラキンをきらわないから、変種が妍をきそうことに異義をとなえるつもりはないが、それはもとの椿とはちがう植物が何百種も大量に生産されたということになるだろう。すなわち、すべての変種は文明工場の製品として、たとえば拙宅の庭のような狭いところに飾るに適したようである。春野のながめとしては、椿は旧に依ってヤブに如かない。

（「季刊アニマ」第七号・一九七六年十二月）

解説

澁澤龍彦

この集で、私は石川淳さんのダンディズムを存分に示したいと思った。ダンディズム、つまり精神のおしゃれであり、当世ふうにいえばカッコよさである。べつだん若い読者層をねらったわけではないけれども、私は石川淳さんのカッコよさにもっぱらスポットライトをあてるような編集をしてみたいと思ったのである。はたして成功したかどうか。

もっとも、石川さん御自身は、ダンディズムという言葉をほとんど使ったことがないのではないかと思う。おしゃれとか、粋ごのみとかいったヴォキャブラリを石川さんはよく使う。虚栄心などという言葉をぬけぬけとお使いになることさえある。まあ、言葉の詮議はどうでもよく、私はただ、このダンディズムなりおしゃれなりが、精神の価値をあらわすものだということをここで一言注意しておけば足りるのだ。

石川さんの専売特許ともいうべき、あの今ではあまりにも有名になってしまった「精神の運動」という言葉を引合いに出すならば、このダンディズムなりおしゃれなりも、明らかに「精神の運動」の一様態と考えてよいであろう。

たとえば『夷斎筆談』にふくまれる「面貌について」という秀抜なエッセーなどは、その意味から、この集の冒頭を飾るにいかにもふさわしい、石川さんのダンディズム宣言のようなものだと考えて差支えないのではないか。面貌に直結するところにまで生活の美学を完成させた、西欧のエピキュリアンに似ていなくもない明清の詩人のことから、小説が取扱うべき人間エネルギーの運動のことにまで話が展開するが、この話を引っぱってゆく主導観念はただ一つなのである。すなわち、おしゃれの理想と散文の理想とが一直線につながっているのである。私が「面貌について」を本書の冒頭に置いた意味を、読者はよろしく汲んでいただきたい。

「恋愛について」の主題も、本質的には前のそれと異ならないだろう。私はかつて、「石川文学の永遠のテーマは、歴史と生活の場における、精神と物質との必然的なせめぎ合いにあるだろう」と書いたことがあるけれども、精神の支配の側から見れば肉体の叛逆とも見なされる恋愛は、やはり必然的に精神と物質とのぶつかり合う場なのである。

このエッセーの冒頭近く、石川さんはまず、「陽根の運動は必ず倫理的に無法でなくてはならない」という、胸のすくような定言的命令を読者にたたきつける。私はひそかに思うのだが（そして、このことはまだだれも指摘していないのだが）、石川さんには一種のファリック・ナルシシズムがあるのではないだろうか。いや、きっとそうにちがいあるまい。なにもフロイト式の勘ぐりをはたらかせるには及ばず、石川さんの小説を読めば、力づよい陽根をふり立てた無法者にはいくらでもお目にかかることができるのだ。

「技術について」——これも私の好きなエッセーである。ここでは、文明というパースペクティヴから眺められた、技術と進歩との追いつ追われつの関係が精密に論じられている。石川さんによれば、おのれの身についた掛替のない技術をもっているのはアルティザンだが、アルティストは、この技術を決して運動の限界とはしないような人間だ。芸術家という人間はいつも便利なものを好む。この便利なものの象徴が、石川さんの場合、小説「明月珠」その他に出てくる自転車という乗りものであることは自明であろう。

「金銭談」は『夷斎俚言』から一つだけ選んだエッセーで、その歯ざれのいい伝法なスタイルは石川さんならではのものである。ここに出てくるエピソードのうち、とくに見るべきものは第二の坊主と泥棒のそれだろうか。「精神にとっては、行為の修正をかんがえるということこそ、かりそめのイツワリよりもはずべきことだよ」と石川さんはきっぱりという。つまり、いかなる場合にも絶対にあともどりをしないという精神である。かように石川さんの倫理はつねに定言的である。

「譜」は『夷斎清言』から選んだ。文人の遊戯としての、譜を編むということについて語っているが、この譜もまた、いわば精神と物質のぶつかり合う場と考えてよいかもしれない。物質というよりも、ここではむしろ端的に物といったほうがよいであろう。玩物は随筆の家とともに今日すっかり亡びてしまったが、「全体としての物の何たるかを見直すために、かの動物植物鉱物を、ふたたび学術の家から呼びもどして、あたらしい随筆の家に於てこれをたしかめる必要があるかも知れない」と石川さんは将来の可能性を示唆している。とくに生まれつき玩物を好む私には、これは力づよい呼びかけのように聞える。

石川さんは戦争中、好んで江戸に留学していたそうだが、同じく『夷斎清言』にふくまれる「狂歌百鬼夜狂」などのエッセーは、この留学の戦後における報告として読むことができるだろう。江戸の happy few の運動としての天明狂歌と、十九世紀末フランスのサンボリスム運動とを対置して、その似ているところと似ていないところとを作者は鋭く弁別する。この天明の狂歌師が彼らの美的生活の範としていたのは、明清の詩人のそれであった。石川さんの博識が和漢洋におよぶことは世間周知だが、この三極構造が有機的にがっちり組み合わされていることを、このエッセーは何よりも明瞭に語っているように思われる。

「石濤」は石川さんの神仙ごのみの一例として、とくに採録した。ただし、龍に乗った神仙のすがたは石川さんにとって、決して古くさいお伽話のなかの図柄ではなく、もっとも便利なもの、もっとも文明的なものを意味するのだということを、読者は知っておかねばならぬ。「神仙伝を虚構だとかんがえるよりも、それが真実だとかんがえたほうが人間の生活を充実させる所以にほかならない」と石川さんはいう。

「すだれ越し」「一冊の本」「宇野浩二」「ドガと鳥鍋と」「倫敦塔その他」「コスモスの夢」「椿」などは、おのれを語ることをつねにきびしく抑制している作者が、めずらしく若き日のすがたを垣間見せた珍重すべきエッセーとして採録した。それにしても少年の西洋への夢を語った一篇「コスモスの夢」の美しさはどうだろう。小説「虹」の最初と最後の場面に、この波うって咲きみだれるコスモスの一むらのレミニッセンスが反映しているのを、石川文学のファンならばただちに思い出すだろう。

「敗荷落日」は、読むたびに私を同じ感動に誘いこむ恐るべき文章である。いままでに何度読んだか分らない。この文章について、かつて「竹林の七賢のひとりが母の喪に痛飲泥酔したという故事を思い出した」と書いたのは桑原武夫氏であるが、たしかにその通りで、死者に鞭打つ苛烈な口ぶりの裏に堰きとめられた万斛《ばんこく》の涙を、私たちはそこに見ないわけにはいかないのである。ちなみに、石川さんはすでに荷風の享年よりも長く生き、しかも一向に衰えを見せぬ、みずみずしい筆力をいまに示している。

「ドガと鳥鍋と」は、世間でいうところのいちばん日本的な、随筆らしい随筆といえるかもしれない。上野の博物館へルーヴル展を見にゆく話から、ドガの「取引所にて」のこと、クレーの絵のこと、反芸術とダダのこと、乾隆洋彩のこと、そして最後には鳥鍋のシャモとネギのことにまで話がおよんで、しかも不思議に首尾一貫している。ここでもまた、私が前に指摘したところの、石川さん独特の精神と物質のせめぎ合いという視点が、一本の赤い糸のごとくに見てとれるからだろう。

『レス・ノン・ヴェルバ』からは私の気に入っている「居所」一つだけを抜いた。このエッセー、応仁の乱時代に材を得た名作「修羅」の背景としても読まれるべく、また当節流行の都市論としても出色の先駆的作品であろう。

すでに「石濤」があるにせよ、絵画論として「宗達雑感」一篇しか採れなかったのは、いささか編者として心残りである。「玉堂風姿」か「蕪村風雅」かを採るつもりでいたのだが、ページ数の関係で割愛せざるをえなくなったことをお断わりしておく。

「仏界魔界」――いかにも魔神のお好きな石川さんらしい仏像の観察である。仏像というのは、伝承による良弁僧正の念持仏だ。それにしても石川さんに眺められると、ついホトケも魔のような面相をあらわしてしまうのではないだろうか。そんな気がしてくるほど、このエッセーも石川さんの骨法そのもので、想像力がぐんぐん闇を切りひらくのである。一風変った奈良の寺めぐり、おもしろいエッセーというほかない。

「京伝頓死」「六世歌右衛門」については、取りたてていうべきこともない。そのまま読めば分る文章である。

さて、こうして苦心の末に二十篇を選んでみると、この私の編集がはたして最上のものであったかどうかという不安が、ちらと私の心をかすめないものでもない。しかし、そんな不安は無視することにしよう。どれを取っても、もともと石川さんのエッセーに大きな優劣はなく、しかもテーマはつねに本質的に変らなかったはずなのであり、してみれば編者はだれでもよかったのである。

[著者]
石川淳（いしかわ・じゅん）
作家。号は夷斎。1899年東京生まれ。幼少時より祖父の漢学者石川省斎に漢籍を学ぶ。東京外国語学校仏語科卒業。A. ジッド、A. フランス、モリエールなどフランス文学の翻訳家として出発し、1937年、『普賢』で芥川賞を受賞。戦中期に江戸に「留学」、江戸文化に親しむ。戦後は『黄金伝説』『焼跡のイエス』『処女懐胎』などを発表、坂口安吾、太宰治、織田作之助などとともに「無頼派」と呼ばれる。和漢洋を横断する該博な知識に裏づけされた幻想的で融通無碍な物語世界が支持を得た。1957年、『紫苑物語』で芸術選奨文部大臣賞、1961年に日本芸術院賞、1981年、『江戸文学掌記』で読売文学賞評論・伝記部門賞、1982年に朝日賞を受賞。日本芸術院会員。その他の主な著作に、『鷹』『落花』『白頭吟』『修羅』『荒魂』『至福千年』『天馬賦』『狂風記』『六道遊行』『森鷗外』『夷斎筆談』『夷斎俚言』などがある。1987年12月、肺癌のため死去。享年88。

[編者]
澁澤龍彦（しぶさわ・たつひこ）
作家、フランス文学者。1928年東京生まれ。本名は龍雄。東京大学仏文科卒業。マルキ・ド・サドの著作をはじめ、マニエリスムやシュルレアリスムといった異色の文学や美術、思想を紹介。その著作は、博物誌的エッセイから幻想小説まで幅広い。1981年、『唐草物語』で泉鏡花文学賞、没後の1988年に『高丘親王航海記』で読売文学賞小説賞を受賞。その他の主な著作に、『黒魔術の手帖』『夢の宇宙誌』『胡桃の中の世界』『思考の紋章学』『記憶の遠近法』『ドラコニア綺譚集』『私のプリニウス』『フローラ逍遙』、翻訳にJ. コクトー『大胯びらき』、J. K. ユイスマンス『さかしま』、『マルキ・ド・サド選集』全6巻など。1987年8月、下咽頭癌による頸動脈瘤破裂のため死去。享年59。

平凡社ライブラリー 907

石川《いしかわ》淳《じゅん》随筆集《ずいひつしゅう》

発行日…………2020年 8 月 7 日　初版第 1 刷

著者……………石川淳
編者……………澁澤龍彥
発行者…………下中美都
発行所…………株式会社平凡社
〒101-0051　東京都千代田区神田神保町3-29
電話　(03)3230-6579［編集］
(03)3230-6573［営業］
振替　00180-0-29639

印刷・製本……株式会社東京印書館
D T P…………平凡社制作
装幀……………中垣信夫

Printed in Japan
ISBN978-4-582-76907-4
NDC分類番号914.6　B 6 変型判(16.0cm)　総ページ256

平凡社ホームページ　https://www.heibonsha.co.jp/

落丁・乱丁本のお取り替えは小社読者サービス係まで
直接お送りください（送料、小社負担）。